もくじ

龍膽寺雄　焼夷弾を浴びたシャボテン

空想独楽

空想というものは、人間のなし得る可能性の限界だというのが、わたしの見解である。つまり厳密にいえば、人間は及びもつかないようなことは空想も出来ないものだという意味である。むろん、時にひどく突飛に見える空想もある。さしあたり、とても実現しっこなさそうな空想もある。けれども、これはわたしの考では、色々な事情からまだ実現までには間のあるような空想だったり、もしくは、今すぐにでも実現はし得るのだけれども、人間が自分でこしらえた制度によって、それを阻止している、というような場合にすぎないのである。たとえば、飛行機にのって火星を訪ねたい。——こんな空想は、いわば、押川春浪《おしかわしゅんろう》(1)の冒険小説が、潜水艦の出現するよりはるかに昔に、自由自在に潜水艦を大洋に活躍させていたのと同じで、いつかは科学が解決するだろうところの、つまり、人間の可能の限界内にある存在なのである。乞食がにわかに百万長者になることを空想する、――こんなのは、人間のこしらえた制度がその実現を阻んでいるのであって、人類に出来ない相談ではないのである。出来ないようにしてあるだけのことである。それよりもむしろ問題は、百万長者になろうなどという不敵な了見をもつ特殊な乞食がいるかどうかの方が重大である。空想は、その人間のなし得る可能の限界なのであるから、百万長者を夢見るものは、もはやそれだけで百万長者の卵なのである。絶対に百万長者たる資格のない者は、また絶対に百万長者を空想はしないのである。つまり彼にとっては、百万長者は可能の限界外にあるので、その空想の資格もないわけである。青年よ大きく空想せよである。

◇

わたしは昔から、愚にもつかない空想をする癖があって、もしも空想からわたしの運命判断をすると、とうてい、愚にもつかない人間になる以外にみちはないようである。昔からわたしの頭にこびりついて離れない不思議な空想がある。むろんこれも、あながち出来ない相談じゃなくて、あまり莫迦々々しいんで、やらないだけなのである。つまりこうだ。八畳の座敷の真ん中に、大の字になって仰《あおむけ》にひっくりかえっている。さて、八畳の間の天井一杯に、空へ向けて弓を張るのである。屋根をつらぬいて空高く矢を射ようというのだから、弓それ自身は天井に堅く縛《しば》りつけておいて、弓づるに矢をつがえて引きしぼる時には、わたしはわたしのからだの重みで、弓づるにブラさがればいいわけである。出来れば、満月のように引きしぼった時に、わたしが畳に背をつけてノビノビと寝そべった恰好《かっこう》になってくれれば、もっけの幸せである。そこでビュウ！　と矢を射るのである。

矢は天井板をつらぬく。

屋根瓦を微塵に砕いてキラキラと空に吹きあげる。

そうして、わたしの住む現実の地球から、やじりを陽に輝かして天空へ飛ぶのである。この景気のいい光景をわたしは眺めたいのである。空へのぼったこの空想の矢が、土星の輪なんぞをひっかけて、下界へ落っこって来たら、――尤も、望遠鏡でのぞくと、土星は、ウイスキーの明るくすき透った赤いボンボン菓子にすぎぬ。そんなことより、やはり一番爽快なのは、屋根瓦が砕けてパッと空へ飛ぶ瞬間であろう。この屋根瓦が、チベットのラマ王の宮殿(2)のように、黄金でもあったなら、砕けた屋根瓦はキラキラと眩《まぶ》しく空に飛んで、宇宙の果てへ貼りついて、ウイルソン山の天文台(3)で余念なく毎夜大望遠鏡から天体をのぞいている天文学者は、仰天して、世界中の天文台へ無電を発するであろう。『新星出現!』と。

あにはからんや、日本の小説家であるわたしのいたずらなのだ。

◇

話は少しばかりかわる。

もうしばらく前からわたしは砂漠植物に興味をもって、それを集めて研究しようと、世界の砂漠の隅々からあらゆる風変りな砂漠植物を蒐集《しゅうしゅう》して、千数百種、二つの温室と幾つかのフレームがギッシリそれで一杯である。これらの植物のどこが面白くて、こんな道楽をはじめたんだと友人たちは口を揃えていう。そう訊かれると、いささかわたしにもわからないのである。激毒をもっている南アフリカのEuphorbiaを何十種とあつめて、恍惚《こうこつ》としているところなんぞは、少々おかしいのである。けれども、強いてここでいえば、——わたしは砂漠そのものに昔からロマンチックな空想を抱いていて、本当なら駱駝《らくだ》にのってはるばる砂漠に旅するところを、横着に、家にいてすまそうと、砂漠の植物たちを集めはじめたらしいのである。それくらい、砂漠の植物たちはそれぞれ砂漠の情緒を色濃くもっている。南アフリカの Euphorbia は一本々々、その植物自身に故郷の風景を背負っているし、アリゾナの Cactus は、砂漠の砂をあびたままわたしの温室でアリゾナの夢を見ているという風である。テキサスの Cactus の刺の間によく、それの自生している土地の雑草、——禾本科《かほん》(4)の名のしれぬ植物の種子を沢山つけていることがある。鉢《はち》へまくと、時折それが生えだしたりするのである。むろん、こんな植物を収容しておく温室は、バラやベゴニヤや蘭の花が咲いている絢爛《けんらん》たる風景とは反対に、およそ荒漠として幻怪である。わたしは時には温室の中で、シャボテンの茂みの中から美しい背模様をしたガラガラ蛇でもとびだしはしないかと、ふと自分の幻想に恐怖したりするくらいである。尤も、中にはホッテントット(5)の黒色美人がとって送ってくれたのだろうと思われる Mesenbrianthemum が、ガラにもない濃艶な花を咲かせたりすることもなきにしもあらずである。

◇

乞食と百万長者の話を最初にしたけれども、——不景気の折、小《すこ》し耳寄りな金儲けのお話を中上げたい。百姓をしても園芸をやっても、はかばかしく儲けられないとこぼす御仁があったら、砂漠植物の営利栽培を試みられたいものである。世界を相手の商売であり、百万長者はともかくとして、金儲けだけは間違いっこない。むろんわたしどものように、顕微鏡の中で植物を切っていたんじゃだめである。商品としての栽培である。日あたりのいい庭に四五坪の温室でもあれば、たちまち銀行の通帳が必要になろう。むろんこれは空想ではない。かりに空想としても、そこはそれ、空想とは可能の限界なり、である。

シャボテンのことについて、ラジオやテレビのインタービューなどがおこなわれるたびに、必ず提出される質問の一つは、あなたはどういう動機で、シャボテンがそんなに好きになったか、ということである。私はそのたびに、ヒマラヤの登攀に生涯をかけて、ついにそのために身をささげた有名な登山家、ジョン・マロリー(6)のことを思い出す。

ジョン・マロリーはたしかにエヴェレストの頂上がヒラリー(7)やテンシン(8)などによって征服される前に、一番頂上近くまで登った人で、あと五〇〇メートルというようなところで、ついに登攀を断念した同行者たちがとめるのもきかないで、雲霧の中へひとりすすんで行って、それっきり帰らない悲劇の人である。このジョン・マロリーが何回目かのエヴェレスト登攀の報告会をロンドンだったかでひらいた時、講演が終わったあとで、何か質問することはないかと聴衆にたずねたところ、一人の少女が立ちあがって、こういう質問をした。お話ですっかりよくわかったけれど、ただ一つ、おききしたいことがある、それは、そんな苦心をして、何のためにあなたはエヴェレストへ登るのか、その理由がわからない。マロリーはその質問にちょっと面喰らった様子だったが、すぐにそれに対してこういって答えた。私がエヴェレストへ登るのは、ソコにエヴェレストがあるからだ。云々。

この有名な逸話をそのまま頂戴して、私は答えることにしている。私がシャボテンが好きになったのは、——何よりも、ソコにシャボテンがあるからだ。

私は、シャボテンをいじくりだして、かれこれ三〇年の上になる。一と口に三〇年といっても、格別の感動も誘われないただの数字だけれど、この頃になって、自分の生涯をふりかえってみるような折りに、やはり、なんといっても、三〇年という歳月は、人生において、容易ならないことだと、遅まきながら気がついた。

私は、ひとはあまり知らない（文壇の諸君はよく知っているはずの）ある魔障にわざわいされて、実は、人生に生きて私の才能に課された本当の仕事というのを、まだ、しとげていない。二、三年前ラジオ（NHK）の『朝の訪問』でちょっとしゃべったことがある。

センチュリー・プラント（Century Plant）という植物がある。『世紀の木』とか『百年木』とでも訳すのだろう。アガベ科（Agave）の植物で竜舌蘭《りゅうぜつらん》などの種類の総称である。この植物は、一〇〇年育って花が咲いて、花が咲くと枯れるという植物だけれど、一〇〇年と区切ったのは『伝説』で、実際のところは、四〇年から五、六〇年というところだろう。しかし、その長い年月の間、ただ育ちに育って、エネルギーをたくわえて、いよいよ成木になると、今までは生長すこぶる遅鈍《ちどん》で、五年や三年では眼に見えた変化がないほどの緩慢《かんまん》な植物なのに、突然、その巨大に育った葉の中心から、太い長い花梗《かこう》をぬきんでて、見る見る数日のうちに電柱のようにのびて、壮大な花を空高く輝かしく咲かせる。温室の中などに栽培している場合には、ガラス屋根をぶちぬいて、数メートル高くそびえるのである。

この植物は、開花という本来の生殖本能をはたすために、数十年間ひたすら情熱を蓄積しておいて、それを、最後に一気に奔騰《ほんとう》燃焼させて言葉どおり『世紀の花』を咲かせると、さて、一切のエネルギーをそれで使いはたして、スッカラカンになって、やがて、未練げもなく枯れてしまうのである。生殖の仕事に、こういう生命のつかいかたをする生物は、これらアガベ科の植物以外にも、他にあるけれども、私は実は、研究心というよりも思いつきのいたずら心から、このセンチュリー・プラントの一つを、数十年育った葉の中心から、大きな花梗がのびかけたところで、将来花になる部分を中途からチョン切ってみたことがある。そして、数十年間巨大な植物の体内に蓄積されたエネルギーが、こういう場合に、どういう風に処理されて結末づけるかをジッと見守ることにした。

この植物は、それっきり、育ちも枯れもせず、ジッと現状維持で、すでに一〇年以上になる。私は今、この哀れな植物を間にはさんで、実は『神』と対決している気持なのである。

私は文学者だけれど、主としては自然科学をまなんだ。(9) そして、私のまなんだ自然科学は、普遍的な科学の法則や、その調和の総元締めとして、特別に、人間の気にすむようなぐあいに『神』を想定しないでも、ともかく、この万宇の中には、無意味なモノや無駄なモノはありえないと、確信している。だが、何十年目かに花を咲かせようとして、頭をのばしてきて花梗をチョン切られた可哀いそうな私のセンチュリー・プラントは、いったいどうなるのだろう。

ラジオの『朝の訪問』で私がのべた結びは、——

人間が年をとっても、年相応に老けられないなどというのは、悲しいことである。少なくとも、私の願望は、五〇の時には五〇らしく、六〇の時には六〇らしく、老けたいことである。年に不相応に若くていて、老けられないなどというのは哀れであって、やはり、人生でなにかの魔障にあって、まだ、才能なりの仕事をしないでいる（あるいはさせられないでいる）不幸な人間なのだ。

私は、頭をチョン切られたセンチュリー・プラントをはさんで、今も神と対決して、人間が幸福に年とる、ということについてジッと考えこんでいる、云々——

さて、シャボテンは私の道楽である。

そして。道楽である以上は、この道楽の王座に、私は誰はばかるところなく、わがままにフンぞりかえって坐《すわ》っている。元来、道楽とは道を楽しむ、と書くとおり、すべての道はローマに通ずるで、人間一人が完成するために通らなければならない色んな道の、それぞれ一つで、その人間完成に向かう道を、楽しんで歩いてゆくというイミで、至極の境地の一つである。それをいつの間にか、女道楽などといったイカガワしい言葉に、軒を貸して母家をうばわれた形で、人間完成への高邁《こうまい》な修養道を心楽しく歩いている、真の『道』を楽しむ人とは、全然かけはなれた字義に解されるようになった。なげかわしい次第である。本当をいうと、女道楽でも、『女』という一つの道を通って、やはり、人間完成がおこなわれていることをイミしているのだが、こういう高尚な（?）哲学は、世の俗人にはわからないので、一途にただ非難の対象となる。しかし、とにかく三〇年間シャボテン道楽にうちこんでいる間に、この道楽から学びえたものは、ひたすらにワキ目もふらず何か一つのことを学んでえたものに、決しておとらなかったと私は考える。

私はかつて、いわゆる流行作家だった。あらゆる新聞や雑誌が私の名前や写真をかかげ、私の消息を伝えようとし、私に作品を書かせたがった。日本の近代文学史の中で、最後の文学運動[10]ともいわれるべきものを、私は主宰した。このことは、私と同年代前後で、文学に関心をもたれる諸君は、よくご記憶のことだとおもう。私のこの近代文学史の足跡は、これまた先にもいったある魔障のために、故意に埋没《まいぼつ》抹殺《まっさつ》されているけれど、実は、あのころの流行作家の生活を、あのままつづけていたら、私は二〇年前にはもう生きていなかったろう。そのペンの地獄から、シャボテンは私を救ってくれた。

私が三〇年来ひとり楽しんできたシャボテンどもは、今、ささやかな二〇坪ほどのガラス室の中に、鬱蒼としげって、沙漠どころかジャングルの観を呈している。私の妻や子供たちは、このシャボテンのジャングルのゆえに、自分の夫ないし父親が、ともかく今もまだ元気で生きているということに、深く感謝してもいいと考えているのである。こういう身勝手な理窟《りくつ》も、道楽の世界なればこそ許されると考える。

最後に一つ、私はあまり大きい声でなく、つけ加えたいことがある。

いつごろ何で読んだのか今は忘れたけれど、こういうイミの言葉をなにがしの達人がのべていたのを、私は読んで、いささか心重く記憶している。それは、『至境の達人というのは奇物を愛玩《あいがん》しない』というのである。この言葉の裏に秘められて、まさしく真理あるがゆえに、私は、その前に（心で）首をたれるのである。シャボテンは奇草奇木のたぐいであることは間違いない。だから、これをもてあそんで楽しむ心もまた、奇を愛する心理、またはこれにちかい。シャボテンは至境の達人の愛玩する植物ではないらしいのである。

しかし、これについては、こういいわけしよう。人間はナマ臭い間が花なのだ。仕事という仕事は、――小説書きでも、学問や研究でも、金儲けでも、人間臭さの中でおこなわれる。このようにして世に生きて、自分がはき出すハナ持ちならぬ臭気に自分で背を向けたいからこそ、ひとり静かに植物の一と鉢もいじってみたくなるのだろう。シャボテンはあらゆる植物の中でも、もっとも厭人的で、孤独なさびしい独特な性格をもっているので、こういう人間が息抜きにいじくる植物としては、もってこいである。人生はしばしば沙漠にたとえられるけれど、この沙漠の植物をはるばる人間くさい世界にもってきて、これを愛玩することで、ホッと心の緑地を覚えるというのも一奇である。

（一九六〇年 五九歳）

シャボテン——ここに自然の英知が集約されている

〝ひと粒のケシの中にも「世界」がある〟いつか、何かで読んでおぼえていることばである。ごくつまらなげに見えるささやかな事物の中に、大きなものがひそんでいる、というほどの意味である。

さて、そういうささやかな物語を、私はこれから語りすすめる。

まず、あなた方に、砂漠を想像していただく。

どこの砂漠でもいい。映画のあの勇ましいシェーン[1]が、使いなれたピストルを腰にまさぐりながら、馬を進めそうな、コロラド渓谷のかなた、赤ちゃけた岩台《メッサ》と岩台《メッサ》の間に、雪が遠くまぶしく光るアリゾナの高地でもいいし、南米ペルーとボリビアの国境、天空を二つに分けてそびえるアンデスの、はるかな山骨からなだれたかわいた岩山の傾斜、そこでもいい。

この、人影のない、荒涼たる砂漠、——見るかぎり高くえぐれた蒼空、焼け石とかわいた砂だけの世界、ここに、奇妙な一本の植物がはえている。

変な、タルのようなまるい胴体、イオニア式の円柱に見るような稜《りよう》の刻み、強い色彩で、太陽の光をパッとあたりへはねかえすハリネズミのようなトゲ、孤独な陰影、そして、日に向かってだけ開く、バラ色と、深紅の、ケンランの花！　これがシャボテンだ。

一年じゅうの総雨量二百ミリかそこら、夏の昼間は五十度を越える灼熱《しやくねつ》の煉獄《れんごく》であり、冬の夜は、零下十数度という、極寒の地獄になる。

こういう無益な世界にも、生命を生みつけた「自然」か「神」と、空バクたる星空の夜な夜な、この孤独な植物は何をささやき合っているか。耳を傾けてそれを聞きたい人が、この植物の一はちを、窓べにおいてながめる。ささやかな一本の植物が生きるということのために、どれだけの英知と愛が、「自然」あるいは「神」から、そそがれているか。

それを、この物語は追求してゆく。

一本のかれんな植物が、あなたに生きるということの意義を、気づかせてくれたら——、というのが、この本[2]の語り手の念願である。

（一九六二年 六一歳）

扉に――

シャボテンや多肉植物に私が興味を持ちはじめたそもそもの動機は、砂漠というものに私がロマンチックな魅力を感じて、そこの陽に焼けた荒漠たる砂礫《されき》地や、雲のない空や、淋しい風や、死滅した地球の永劫さを思わせる静けさや、孤独な植物たちに、幻想的な憧憬《どうけい》を覚えはじめたことからで、正直いうと、私はこれらの植物を盆栽的な意味でや、むろんのこと植物学的な興味などでいじくり廻そうなどとは、考えたこともないのである。これらの植物の一鉢一鉢を静かな心境で一人眺めていると、その各々の姿の向うに、荒涼たる砂漠の風景がひろがり、砂の上を吹く淋しい風の音が耳元をかすめるような気がするのである。私は昔から人間がきらいで、自然――雲や、風や、山や、草や、これらのものに愛着を感じ、いつの間にかその中で人間点景のない砂漠に魅力を覚えはじめたものと見える。むろん、こんな考でシャボテンをいじくっている者などは他にないであろう。

しかし、仮《か》りにこうした私の心境は、全く特別なものであったとしても、元来園芸というような、つまり植物を愛する心理は、知らず識《し》らず植物を通して「自然」に心を通わせようとすることなのだから、私はこの心持に一つの崇高《けだか》さを感じるのである。「自然」はいわば神の懐《ふとこ》ろなのだから、「自然」に心を通わせることは、神に心を通わせることであり、一鉢の植物は、生活に疲れ俗塵《ぞくじん》によごれた私どもの魂を、新鮮に洗ってくれるのである。

私はここで、シャボテンや多肉植物が、園芸植物としてどんなすぐれた価値をもっているかなどということがらについてはいわない。シャボテンの好きな人々だけがこの書物[1]を読むのだし、この独特な植物の価値は、その人々の方が、そうしてその人々だけが、一番よく識っているのである。私はただ、この愛すべき植物を、彼らの故郷とは海山千里へだてたこの異国で、どうしたら一番楽しく育てられるかについて、先輩から覚えたこと、私自身の経験したことなどとりまぜて、少しばかりここに語ってみたにすぎない。観察や研究のまだ届かぬところ、誤まっているところなどが少なからずあろう。それらは、この植物を愛するすべての人々によって、訂正して頂きたい。いわばこれはシャボテン分化の一箇の捨て石に過ぎないのである。

私が今念願としているのは、アフリカやメキシコの砂漠を一遍旅行して来たいことである。植物学の研究や何かのためではない。ただ、砂漠の景色を眺めにである。私のこの書物も、本当は温室の中や書斎でなど書かれず、砂漠の乏しい植物たちにかこまれて、砂地に腹匐ってペンをとり、これを読む人が頁をひろげると、サラサラと中から砂の粒がこぼれるという風であったら、——などと考えるのである。さしあたり私は砂漠の幻想の旅行者である。その意味でこの書物は、シャボテンに関する植物学書であるよりは、私の幻想の旅行記であるかもしれないのである。

（一九三五年 三四歳）

ロマンチックな植物シャボテン

人間の精神の中には、現実的な面と、ロマンチックな面とがある。

私たちが生活しているこの身のまわりに、実際に動いているいろいろなこと、これが現実であって、この生活の現実というものは、なかなか手きびしい。借りたお金は返さなければならないし、食べなければおなかがすく。冬は寒すぎるし、夏は暑すぎる。好きな人は少ないし、いいことよりも、いやなことのほうが多い。しかし、この中で人間は生きなければならない。

こういう気持ちの中から、ロマンチシズムという精神が生まれた。

これは、現実から一度飛躍し、現実にしばられず、心があこがれる自由な世界へ飛んでいって、そこに描きだした夢の世界を、楽しく遊びまわる——これがロマンチシズムの精神で、過去の多くの偉大な芸術のうちの大半は、このロマンチシズムの精神から生まれ、現代の輝かしい数々の科学文化もまた、この精神から生まれた。

アラジンや、アリババや、シンドバッドの楽しい物語に満ちたアラビアン・ナイトも、孫悟空や猪八戒《ちょはっかい》が縦横の活躍をする西遊記も、竜宮城の美しい乙姫《おとひめ》のもてなしにウッツをぬかし、白髪になるまで家へ帰るのを忘れ果てた、うらやましい浦島太郎の話も、すべてこのロマンチシズムの精神から生まれた偉大な芸術だが、実は、アラジンが地下の穴倉から見つけだした不思議なランプの話から、知らず知らずのうちに現代科学は、永遠のエネルギーを生みだすウラニウムを発見し、浦島太郎のようにカメの背中に乗って、海の底深くくぐるかわりに、潜水艦を作り上げるに至った。

さて、あなた方がシャボテンという植物をごらんになると、身のまわりに自然にはえているいろんな草木とひどく違う、ある独特なもの、、を感じられるに違いない。それこそがロマンチシズムであって、この現実ばなれした奇異な植物は、そのかげにいろんな夢と幻想と、無限の空想の世界を秘めているのである。

シャボテンの一本一本を、じっとながめてみても、それぞれ性格の違うロマンチックな陰影があるのを感じるが、さらにもっとたくさんの種類のシャボテンを集めて、それを適当に配置して、一つの集団としてながめると、その気持ちはいっそう深くなる。

本書[1]の表紙や口絵をはじめ、そう入した原色、単色の写真は、すべて私のコレクションを撮影したものだが、おそらくこの植物のもつロマンチシズムは、これらの写真をごらんになっても、ややおわかりになるだろうと思う。

よく私のところを訪れる人々が、温室の中にひと足はいって、これらの植物の集団がかもしだす独特なふん囲気の中に身をひたすと、しばらくはぼう然と、現実ばなれしたこの夢と幻想の世界で我を忘れ、わずらわしい現実の生活などは、遠いかなたのことのように感じて、そこに立ちつくしているのを見る。

園芸が一つの芸術となる瞬間とは、そういうものだと私は考える。

私は満月の晩などによく、わざと温室の電気をともさず、月の光が夢のように青白く、これらの植物の上にただよっている中へ、ひとりで足を入れて、じっとたたずんでいることがある。

これらの植物はいずれも、もとはといえば遠い異国の、それも、人煙はるかな砂漠の果てに生をうけた孤独な植物で、空には雲がなく、あたりはただ、かわいた砂と、焼けた石礫《せきれき》だけの荒涼の世界で、そこには、かつて人の足跡がしるされたこともない——

シャボテンは、その姿にも似合わない、まことに千紫万紅《せんしばんこう》、世にもあでやかな美しい花を開くが、いったい、この広漠のさびしい世界で、だれに見しょとて、こんな美しい花を咲かせるのか。

それについて、私はこういう詩を作ったことがある。

雲流れる悠久のかなた
悪魔と神が同居し
夜は妖精が瀰漫《びまん》するところ
孤独と殷賑《いんしん》が交錯し
瞬間と永遠が融け合うところ
そこに、この植物はすむ

（人類が現われる前の遠い昔から）
（人類が滅びるだろう遠い未来まで）

また、こんなことも空想する。

——たぶん、神さまは、人間にイヤけがさして、はるか遠い世界に、人けのない砂漠を作ったとき、たいくつしのぎに、さもなければ、星空の夜に、天界から舞いおりる妖精たちのために、花園を設けようとて、これらの植物を植えたに違いない。なるべく水やりの手間や、いろんな世話のいらないシャボテンを。（神さまもなかなか忙しくていらっしゃるから、そんな植物のめんどうまで、いちいちみていられない）

——というようなことを、勝手に考えながら、夜の温室の、月光の中に静かに頭をならべているシャボテンを見て、ボンヤリとひとりで時をすごしたりする。

シャボテンは、雨のあまり降らない砂漠地に原産するだけに、水やりの手間がかからない。何かの都合で、十日や半月、水をやらないでも、それによって弱って枯れたりするようなことはけっしてない。元来、シャボテン類が自生している砂漠では、一年のうちの八カ月ぐらいは、全然雨が降らない。あとの四カ月は雨期といって、雨が降りつづく季節になっているが、その実、それもごくわずかな雨量で、一年間の総雨量二百ミリ（東京の一年間平均は一五六三・四ミリ）などといったところが、ザラである。

そんなわけで、シャボテンは乾燥に極度に強いから、水をもらえないで、かわかされたということによって、簡単に枯れたりしない。

また、雨の少ないところは、土地もそう肥えていないし、シャボテンという植物は、他の一般の草木のように、生長繁茂が早くないから、それほど肥料もいらない。

こうしたしだいで、この植物の栽培には、それほど手がかかる園芸行事がないから、栽培のためにに汗をかくようなことなしに、割合のんびりとながめて楽しんでいられる。

このごろのように世の中が忙しくなって、手のかかる草花などを作っているヒマがなくなると、何かもっと手っとり早い、消費的な楽しみで、ウサをはらすことになりがちだが、そういうウサばらしには不健康なものが多い。

園芸は、人間が自然に接触する最も健康なレクリエーションだから、ぜひこの種のレクリエーションとして、生活の中にとり入れたい。そういう場合に、十日や半月水やりを忘れても枯れないシャボテンくらい、ぴったりするものはないといえよう。

事実、こんな我田引水論をふりまわすまでもなく、このごろのシャボテン流行というのは、目をみはるばかりで、ちょっと庭先に草花のはちをならべて楽しんでいる家庭をのぞいても、その中の幾はちかがシャボテンであることは、少しも珍しくない。

デパートのウインドーの中に、停車場の駅員室の机上に、アパートや団地住まいの窓に、バーの酒びんのたなに、中学生の勉強机の上に、シャボテンの小ばちがよく見える。果てはガソリンスタンドの白い壁のところに、大きなシャボテンが植えてあると思ったら、石油会社の商標《マーク》だった、というありさまである。

人生はしばしば、砂漠にたとえられるが、この人生の砂漠で、シャボテンがはばをきかせるようになったことは、あたりまえといえばあたりまえだが、はたしてうれしいことか、悲しいことか。これは、シャボテンに聞いてみるしかなさそうである。

もっとも、シャボテンは孤独な植物で、あまりシャボテンのほうから私たち人間にしゃべりかけることもない。まして、ボタンやバラや、ダリヤやキクのように、あでやかな色とよそおいで、人にコビるようなこともない。人間のあるときの心理が、生活の猥雑《わいざつ》と騒音に背を向けて、孤独と、寂莫《せきばく》と、枯淡と、無心とを恋うた瞬間に、この植物と心がピッタリ結びついて、離れられなくなる——そういう植物なのである。

あなたの深い人生の友人として、ぜひ幾はちかのシャボテンを、身近におかれることをおすすめする。

（一九六二年 六一歳）

形態と生理

Ｉ　シャボテンは乾燥が好きか

シャボテンは多肉植物の中の一種だから、厳密にいえば、『シャボテンと多肉植物』というようないいかたは妥当ではなく、この場合『シャボテンとその他の多肉植物』という風に表現するのが正しいいわけである。しかし、日本でも外国でも、趣味園芸の上では、簡単に『シャボテンと多肉植物』といったり、はなはだしくは、たんに全部をシャボテンといってすませている理由は、シャボテン科の植物が非常な大家族群を擁していて、その全部をひっくるめると、いわゆる『その他の多肉植物』の全体の数にもおとらないほどで、ほとんど対等のウエイトをもっているといっていい、というようなことからである。

そんな風だから、植物分類の上などからいうと、シャボテンと『その他の多肉植物』とは、まったく別な科属に属するちがった植物だけれど、ひとしくシャボテンという範疇に入れて、その形態や生理を論じる場合は、これらは、だいたい一つのものとしてあつかってさしつかえない。要するに、植物が、沙漠というような極度な乾燥地的環境に適応して生きてゆくためには、どういう風に変化(これを私たちは、沙漠植物的進化といっている)しなければならないかという点を追求してみると、まあ、どんな植物でも、だいたい手段は一つで、にたりよったりであることがわかるのである。だから、その中の何か一つの植物をとりあげてしらべてみることで、ほぼ全体を類推することができるワケである。

元来、多肉植物という言葉のイミは、植物の茎葉、時には根部が水分や養分を多量にたくわえて肥厚している植物というので、シャボテンも『その他の多肉植物』も、まさしくそのとおり、からだのどこかを目立って肥厚させて、そこに養分や水分をたくわえ、一年のうち非常に長い期間、雨が降らないで乾燥しても、それに対抗して生きていけるような独特な体組織をもっている。

沙漠という文字は、最近漢字制限によって『砂漠』と書くようになっているけれど、実は、沙漠とは、砂がバクバクとしているというような形容的言葉ではなくて、『沙』とは、水が少なくって砂利や砂なんかがあらわれているというイミだから、水がとぼしくて乾燥し、荒れはてている地域を沙漠といったワケである。砂がただバクバクとして、見るかぎり埃りを立てているようなところには、さすがの心臓モノのシャボテンもしげれやしない。水が少ないという程度の乾燥の度合いでなくては、どんな植物もちょっとしげれないのである。

むろん、沙漠に生えているすべての植物が、シャボテンや『その他の多肉植物』であるワケではない。中には、茎葉を多肉にして水分や養分をたくわえるかわりに、地中に深くはびこらした滲透圧の高い根で、深い地底のとぼしい水分を強力にすいながら、しかも、植物体からの水分の蒸散を極度に抑制するために、たとえば、茎は厚いコルク質や繊維層で鎧《よろ》い、葉は革べルトのようにクチクラ層でよそおうて強靭に干からびて、まことに枯燥索漠たる風情で生きている乾性植物のたぐいもあるし、有名ないわゆる世界的怪奇植物『奇想天外』のように、ただ乾きに乾いた厚い砂の層を通して、一〇メートルも深く地中に根をおろして、石灰岩の岩磐の割れ目から、その下の地下水のところまで根先をとどかせて、その水をすって生きているというような植物もある。また、乾燥期にはイチ早く枯れてしまって、種子や球根の恰好で、つぎの雨期がくるまでをすごしている要領のいいのもある。

しかし、私たちが『シャボテン』と称し、『多肉植物』といって、愛玩し育てている植物群は、沙漠地の乾燥に対抗するために、一ように茎葉や、または根の一部を厚く多肉に肥厚させて、そこに水分や養分をたくわえ、同時に、そのようにしてたくわえた水分を、できるだけ無駄に蒸散させないで長く保留してゆくような仕組みをもって生きている植物たちで、そういう貯水体制や蒸散抑制のからくりが、その植物にあたえた異様な形態を、私たちは観賞するワケである。実際、これらの植物は、自生地の沙漠の乾燥の度合いが強くなるほど、恰好もまたいよいよ怪奇を加えて面白くなってゆくので、おおざっぱにいえば、乾燥の度合いのはげしい沙漠地に産する植物ほど、いわゆる珍奇種として人のもてあそぶモノが多くなるという傾向を見せるのである。

このような沙漠地の乾燥に適応した体制と生理をもっている植物を、人工培養する場合に、どのようにこれをあつかったらいいか、ということは、園芸技術に属する問題だけれど、これについては従来、根本的にちがう二つの意見があるので、それをちょっと取り上げてみよう。

Aその一つは、シャボテンや多肉植物は、元来沙漠の植物で、沙漠にだけしか生えていないのだから、当然、これを人工的に培養する場合でも、この植物にあたえる環境は、できるだけ沙漠のソレを模倣し、かれらが故郷にいるような、居心地のいい状態にしてやって、同時に、その育てかたも、原産地でそれらが野生している時の状態にできるだけ近づけるようにするのが、理屈にかなっている、という考えかたである。

Bもう一つは、こうである。シャボテンや多肉植物は、決して沙漠が好きで、沙漠に生えているのではない。もっと植物が繁茂するのに都合のいい条件をもった地域に、生存の場をあたえたら、もっともっとはるかにいい育ちかたをするはずである。しかし、そういう地域では、シャボテンや多肉植物などとは比較にならないほど生長力や繁茂力、ないし繁殖力の旺盛な植物がたくさんあって、それにシャボテンや多肉植物はわけなく圧倒されてしまうから、残念ながらこれらの植物は、あまり気に入らない沙漠に、我慢して生きているほかない、というのである。つまり、この説から出発する栽培技術は、シャボテンや多肉植物を沙漠植物としてあつかわないで、もっと、普通の植物が元気よく繁茂するような栽培条件をあたえて育てるべきだ、というのである。

この二つの考えかたは、あるイミで、どちらも正しいといえるし、また、間違っているともいえる。というのは、このような植物の自生している沙漠地帯には、ご承知のごとく、雨期と乾燥期というのがあって、だいたい規則正しくソレが循環している。つまり、一定の比較的短い期間に雨が降り、あとの期間は雨のない乾燥期がつづくワケである。夏が雨期の地帯もあれば、反対に冬が雨期である地帯もある。そして、植物は原則として、雨期に生長し、種子から自然に発芽して繁殖するのも、雨期である。乾燥期には根は吸水活動をやめて生長を休止し、その間は、雨期に吸収して貯蔵しておいた水分を利用して生きている。このような状態を、乾燥休眠と称するのだけれど、シャボテンや多肉植物は、原産地に自生している自然の状態では、一年のうちに必ずある期間は、乾燥休眠してすごす習慣をもっていて、同時にまた、それに適応した体組織や生理をもっているワケである。(休眠という言葉は、ちょっと不適当なのだけれど、一応ここでは、この言葉を使っておく。)

この乾燥休眠は、雨が降らないために強いられて、やむなくそうするような傾向が多いので、このような乾燥期の間にも、適当に降雨があれば、生長活動するはずで、少なくも、気温が極端に寒かったり暑かったりすることが原因で、生長を休止する場合をのぞけば、乾燥休眠とは乾燥による強制休眠といっていい現象である。

だからシャボテンや多肉植物は、沙漠植物とはいうものの、生長に適当な温度と湿度をつねにあたえれば、別にワザワザ乾燥休眠というようなことをしないで、年じゅう生長していてもいい理屈で、実際培養《ばいよう》にあたっても、実生一、二年の幼苗のうちは、そういう取りあつかいで、年じゅう不断に、なかなかいい生長をつづける。

しかし、このような培養法を、その後も長年にわたってつづけて、ウマくゆくかというと、それはまずほとんど不可能に近いほど困難である。その理由は、これらの植物にとって、乾燥休眠という生理は、また別なイミをもつ重大なことで、つまり、この乾燥休眠の間に、植物たちは、何もしないで眠っているワケではなく、乾燥のために生長をとめ、また、多少とも蒸散作用を抑制するというようなことはあるとしても、その他の、同化作用とか呼吸作用とかといった重要な植物生理は、ちゃんといとなんでいるし、したがって、炭水化物の光合成や、それによって生じた糖分を澱粉ないし繊維などに転位して、体組織を強化したり、花芽を分化させたりするといった大事な仕事はつづけている。ことに、乾燥休眠によって石灰塩類にとむ体液が濃縮されるため、病虫害や寒冷などに対する耐抗性が強まるので、これらの植物は、乾燥休眠期に、自力でいろんな病気を退治するという特性をもっている。たとえば、シャボテンをおかす細菌性の病気に、赤腐れ病というのがあって、このやっかいな病気は、原産地でもまた、人工培養の場合でも、遠慮なくシャボテンに食いこんで、被害をあたえるのだけれど、原産地の植物は、冬の寒冷な乾燥期に、まるで自浄作用でもおこなうようなぐあいに、自分の力でこれを退治しているし、人工培養の場合でも、植物が自然に乾燥休眠する冬季にこれを発見できれば、比較的高率に、これを被害から救うことができる。冬は低温のために病菌の繁殖力が低下するのと、乾燥休眠中の植物は、体液が濃縮しているのとで、病気の進行をわりあい容易に食いとめられるのである。

シャボテンや多肉植物を、いわゆる沙漠植物としてあつかわないで、ねんじゅう雨期のような条件の中において、不断に生長させるような場合には、こういう器用なことはできない。体液の濃度が稀薄なために、冬は凍りやすいし、病菌の繁殖侵寇を、自分で阻止できないのである。冬季、乾燥休眠中の植物よりも、夏季生長活動中の植物の方が、病虫害におかされて急激に腐死したりする率が高いのは、そのためである。

また、夏を乾燥休眠期とする若干のシャボテン群が、病菌の繁殖率が低下する冬季に、体液の濃縮がおこなわれないため、いわゆる『弱い植物』として取りあつかわれなければならない事情にあるのもこの理由による。

そんなわけで、シャボテンや多肉植物は、一、二年の実生幼苗の時代を別として、たとえ、乾燥休眠させずにねんじゅう生長をつづけさせられるとしても、やはり、原産地を模倣して、一年のうち一定の期間、乾燥休眠させる栽培法の方が、合理的になるワケである。

シャボテンや多肉植物は、一般の草花園芸とちがって、やはり、一応の栽培施設をもち、ある程度の種類を集め、多少の、――あるいは、相当長い年月をかけてこれを栽培しないと、結着のつかない園芸だから、できるだけ植物の自然の性質に順応して、楽な気持でこれを取りあつかう方が、長つづきもするし、また植物にとっても、その方がいいわけである。

2 独特な形態と生理

シャボテンや多肉植物が自生する沙漠地帯には、雨期と乾燥期が循環し、植物たちは、雨期に根から水をすって生長活動し、乾燥期にはいわゆる乾燥休眠してすごす、ということはすでにのべた。

さて、これらの沙漠地でも、雨期には相当の降雨量があり、土地もしめるし、空気中にもある程度の湿気がふくまれるので、その辺には、シャボテンや多肉植物以外の、いろんな植物も一時的にしげるワケである。私たちの身辺に見られる落葉灌木《かんぼく》にたものや、芝草その他の雑草のたぐい、シダ類などが葉をひろげ、とぼしいながら、見た眼に青々としげって、いわゆる雨期的光景をくりひろげる。

シャボテンもこれらの植物といっしょに、水をえて元気づいて生長活動をはじめ、根からすいあげた水を貯蔵してからだいっぱいふくらませ、また、身のまわりにちらばらせた種子も、適度な湿気をえて発芽して、ひ弱い幼苗時代を、草葉の陰にひ護されて育つのである。

しかし、やがて短い雨期がすぎて、乾燥期がおとずれると、一日ましに空から雲の姿が消え、やがて何ヵ月にもわたるおそるべき長い乾燥期がはじまる。青々と葉をひろげた灌木は、だんだん水不足のために、葉はしおれて枯れ落ち、とぼしく地をおおってしげった雑草は、枯れて黄ばんで乾き、やがて見るかぎり一面に枯れ野原となって、沙漠はもとの杢阿弥《もくあみ》の荒涼索漠たる荒野の姿にかえる。一年草の雑草は種子だけ残して枯れはてるし、球根植物のたぐいは地中に球根だけのこして、地上部は姿を消してしまう。

あとに依然として、青味をとどめてのこるのは、からだに貯水体制をもって肥厚しているシャボテンや多肉植物、または特殊な硬質の葉をもって乾燥にたえる乾性植物だけである。

ここで、二、三考えなければならない問題がのこる。

一つは、いうまでもなく、これら沙漠の乾燥期に生きのこる植物として、水分の不足のために枯れないような体組織をもつ必要があることと、一つは今まで木の葉や雑草などを食って生きていたいろんな生物、――昆虫や爬虫類（特殊な亀などがいる）、鳥類やネズミやクマ、などといったものが、他に食いものがなくなった関係で、いっせいに、シャボテンや多肉植物めがけて殺到するということになる。だから、これを防備する何かの手がなければ、当然これらの植物は、早晩沙漠地から絶滅することをさけられないだろう。

事実、ある種のシャボテン、たとえば、白虹《しろにじ》や黒虹山《こくこうざん》のようなものは、シンクイムシの被害のために、原産地で現在絶滅に瀕していると伝えられる。南アフリカの高原沙漠で、カメやダチョウの食害のために、貴重なメセンのある種の植物が、失われそうになっているという報告も受け取っている。

シャボテンや多肉植物は、たんに、巧妙な貯水組織をもって、乾燥に耐えるということ以外にも、苦労がまたあるワケである。

暑熱や寒冷というようなものも、またこれらの植物の生存を迫害する有力な因子である。これらの植物の原産する沙漠は、大部分が大陸の奥地であるために、大陸性気候に支配されて、昼は直射する日光の下で、暑熱に燃え、夜は、急激に冷却する。旅行者の記録によると、夏でも、夜は凍《こ》ごえそうなほど寒かったり、冬でも日中太陽の直射下は、たえがたいほど暑い。アリゾナの『死の谷（デスバレー）』では、日中炎暑のために、空飛ぶ蝶や小鳥のたぐいまで、すべて焼け死んで、地獄の釜の中のように、死屍累々の世界だと形容されているけれど、ここも私たちにとっては、重要なシャボテンの自生地なのである。

また、南米ペルーやチリーのアンデス山系の高原荒野には、冬は氷雪にうずもれて、美しい毛髪をつけた毛柱シャボテンが自生しているし、テキサス南部の太平丸《たいへいまる》や綾波《あやなみ》の自生地では、冬季厳寒期に〇下一四度Cという氷雪の中にうずまって、それらのシャボテンが冬をこしているといわれる。

こういったはげしい自然とたたかって生きるために、シャボテンや多肉植物は、これらの植物独特の形態と生理を付与されているワケで、このことをよく理解することが、これらの植物の培養技術の基礎知識となるのである。

一と口に、からだを肥厚させて水分をたくわえるといっても、実際は、そう簡単なワケにはいかない。というのは、まず第一に、貯蔵した水分は、乾燥期の間にじょじょに消費して少なくなってゆくので、その貯水装置は、貯水量に応じて伸縮自在でなければならない。そのためには、ゴム風船のようにからだがやわらかければ面倒がないけれど、それでは、乾燥期に他の生物の食害をうけることから、身をまもれないし、沙漠独特の激烈な気象、——砂礫を飛ばす暴風、雨期の豪雨、焼けるような炎暑や凍りそうな酷寒、といったものに抵抗する力が弱い。

そこで、植物体をなるべく革のように丈夫なクチクラ層の表皮でおおうて堅固に鎧うワケだけれど、そうなると今度は、貯蔵水量の増減に応じて自由に体積を変化させる伸縮自在性が失われるので、ソコで、考えられるかぎり巧妙な手段として、球状の茎幹の表面に、稜やイボ(疣)の突起物をつくって、ちょうどカメラの暗箱の革の蛇腹《じゃばら》をおもわせる仕組みにしたのである。カメラの革の蛇腹は、革が厚くて丈夫なわりに、折り畳みになる部分が柔軟なので、らくらくと伸縮するのだけれど、シャボテンも、稜やイボ自身はクチクラ層の表皮をもって堅固なわりに、稜と稜の間の谷やイボとイボの間のくぼみの部分はやわらかで、そのために、ふくれたり、ちぢんだりが自由自在である。表皮そのものの面積はほとんどかえないで、中味の水分を六〇%近くも増減させられる魔法のようなことをしてノケるのである。

また、この綾やイボは、植物の頭上や横へ直射する太陽光線を、ななめになった平面でうけることによって、ずっとひろく拡散させ、強光線による被害、とくに過熱の被害から身をまもるとともに、受光面をひろげることによって、同化作用をいとなむ部分を広くしている。

植物はご承知のように、茎葉にある葉緑素の働きで、太陽光線と水と炭酸ガスから、含水炭素をつくり、それを栄養物として生長活動したり、木質繊維をつくったりしている。シャボテンの場合に、トゲは主として繊維素からなりたっているので、トゲをじゅうぶん発達させるためには、できるだけ豊富に光線をとり入れて、同化作用をさかんにいとなませ、炭水化物の製造、すなわち光合成をさかんにおこなわせなければならない。しかし一方、貯蔵水分を無用に植物体から蒸散させないために、体面積をできるだけ縮小して、球状またはそれに近い形をとらせる必要があるので、ソコで、最大の容積と最少の面積をもつために球状になろうとする意欲と、それと正反対に、同化作用をおこなう部分をできるだけひろげるために、体面積を拡大しようとする意欲とが、環境の変化につれて、一種のシーソーゲームをしているのが、シャボテンの沙漠植物的進化の過程となるのである。

植物にかぎらず、あらゆる生物は、環境に適応して変化するもので、これを進化と称するのだけれど、この進化は不可逆的変化だから、環境がもとにもどるような場合でも、一たん進化した植物は、元にはもどらないで、また、新しい事態に即応して進化する。進化できないで、新たな環境に適応しにくくなった生物は、やがて滅びて、生存の世界から脱落してゆく運命にある。

シャボテンは、もと、熱帯アメリカの比較的湿度にめぐまれたジャングルなどに種が発生したと考えられ、現在、木の葉シャボテン属（*Peireskia* PLUM.）に分類されている各種の濶葉シャボテンがだいたいその祖先の形をしている植物とみられている。この植物が、より乾燥に適応するために、葉を縮小させて多肉化し、貯水のために茎を肥厚させて、茎の多肉化をいよいよ徹底させるにつれて球状となり、表皮が堅く厚くなって、ついに沙漠植物としての進化のもっとも高度な段階にある岩石のような牡丹類、すなわちロゼオカクタス属やアリオカルプス属などになるまでの間に、いくども、まるで自然のいたずらのように環境の逆転にあって、稜からイボにかわったり、そのイボの列がまたさながら稜のようになったり、それらの稜やイボをいちぢるしく突出させて表面積を拡大したり、それをすっかり引っこめて球状にスクんだり、あるいは、表皮を厚く堅固に鎧ったり、薄くやわらかく弱々しくしたり、という風に、いくどか変遷して、その進化の過程に、今日の分類学が区分して示したように、多くの変化の足跡をのこしたのである。

だから、シャボテンの場合、その沙漠植物的進化は、分類の基礎と深く関係をもっており、同時に、これを培養する場合の手心に、具体的に深く連関するワケである。

3 石灰分の好きなシャボテン

シャボテンや多肉植物のほとんどすべては、高度な石灰岩地帯に自生しているので、まるでこれらの植物は、特別に石灰分をこのんで、そのような地域を選んで生育しているようにおもえる。しかし、これはそのとおり事実であって、これらの植物を、長い期間にわたって、石炭分なしに栽培するのは、困難である。つまり、シャボテンや多肉植物は、その独特な植物体制と生理の上から、ぜひとも石灰分が必要なのである。

その原理をのべてみよう。

シャボテンや多肉植物が、その自生地の沙漠の極度な乾燥に耐えるために、茎葉を多肉肥厚ならしめて、そこに貯水組織をもっていることについては、すでにのべた。

ソコで、いったいこれらの植物は、どのようにして、必要な水分をその体内に留保しているか、ということをしらべると、別段これらの植物は、特別に根の吸水力が強くて、比較的水湿のとぼしい地中から、多量にすいあげるというのではない。シャボテンの根の滲透圧は、ラン科などの気根をもつ着生植物についで低いので、吸水力はごく弱い方である。この植物が少し濃度の強い肥料をあたえると、容易に肥料負けして弱ってしまう理由は、この、根の滲透圧の低いところからきている。つまり、毛根の細胞内の低圧の水液が、外がわの濃度の高い肥料分の方へすい取られて枯死してしまうからである。

さて、それでは、こんな弱い吸水力で植物体内にとり入れられた水分が、どうして、沙漠地の乾燥がちなところで、茎葉から蒸散しつくしてスッカラカンに干《ひ》あがってしまわないかというと、実は、それにはこういう理由がある。

シャボテンや多肉植物は、体表皮の気孔の数が非常に少ない上に、さらに気孔の構造が特殊で、水分の蒸散がいたく抑制されるような仕組みになっている。気孔がクチクラ層の表皮の奥深くに狭く漏斗形《じょうご》についていて、沙漠の砂っ埃りで気孔がふさがるのと、水分の無用の蒸散を防ぐとともに、その上、とくにシャボテンの場合は、それをじゅうぶんにひらいて、水分を蒸散したり、呼吸作用などによるガス交換をするのは、夜間だといわれている。普通一般の植物の場合は、昼間、それも気温の上昇に比例して気孔をひらいて、水分を蒸散して、それによって根から吸収した水液を、急速に植物の茎葉部に上昇させる役目をするのだけれど、シャボテンの場合は、それを夜間におこなうのである。

シャボテンや多肉植物のように多肉に肥厚した植物は、そうでなくても、その肥厚した体内でいとなむ同化作用や呼吸作用のために必要なガス交換をおこないにくいのに、その上、気孔の数が極度に少なく制限されているため、いよいよこのガス交換は困難になる。

ご承知のごとく、同化作用のために植物は炭酸ガスを吸収して酸素をはき出し、呼吸作用によって、酸素を吸収して炭酸ガスをはき出すのだが、これらのガス交換を、気孔を通しておこなっているのである。普通一般の植物は、気温の高い時ほど、その植物の生理活動もそれに比例して活発だから、したがって、気孔を通しておこなうガス交換も、それに応じてさかんになるので、この際、水分の蒸散のために、これまた気温の上昇に比例して、気孔もまたよくひらくような仕組みになっていることは、きわめて合理的である。

しかし、シャボテンの場合は、水分の無用の蒸散を防ぐために、もともと数のとぼしい気孔を、昼間の気温の高い時に閉じるのだから、同化作用も呼吸作用も、温度の上昇に比例してさかんになって、したがって、それに応じてガス交換も活発におこなわれなければならない時に、気孔をとざされてそれを阻害されるワケである。ことに、同化作用は太陽光線なしにはおこなわれないのだから、日中、気孔を通して炭酸ガスが供給されないとすれば、はなはだしい不都合をきたすワケである。

このような不合理に対して、シャボテンをふくむこの種の多肉植物は、巧妙な化学的手段で、これを解決しているので、それは、同化作用の結果としてはき出す酸素を、なるべく気孔を通して体外に出さず、そのまま体内で、呼吸作用に利用し、その呼吸作用によってはき出す炭酸ガスを、これまた気孔を通して体外に出さずに、できるだけそのまま体内で利用して、同化作用に役立たせる、という芸当を演じているのである。その特殊な化学作用の均衡をえるために、石灰分を必要とするのであって、つまり、この化学変化の過程に、中間成生物として生じる有害な有機酸を、石灰で中和し、不溶性の無害な石灰塩類として析出沈澱させてしまうのである。シャボテンや多肉植物が、その特殊な植物生理のために、石灰分を必要とする理由と、これらの植物を化学分析すると、蓚酸などと結合した石灰分が、相当多量ふくまれている理由が、これではっきりするのである。また、最近、放射性炭素を利用して、この種の植物が、夜間気孔がひらいている時、多量の炭酸ガスを体内にとり入れて、これをアミノ酸やその他の有機酸として保存しておき、昼間これを同化作用に利用していることも証明されている。

むろん、シャボテンや多肉植物のなかにも、沙漠植物としての進化の度の低いものから、高いものへと、いろんな段階があって、その段階は、だいたいにおいて、その植物の肥厚して多肉となった度合いによって、判断できるのだけれど、要するに、沙漠植物としての進化の度がすすむにつれて、植物はいよいよ多肉に（多くの場合球状に）肥厚するとともに、当然、その植物生理の必要から、石炭分を要する度合いも強くなる、という理くつになる。茎のごく細いまたは薄くて扁平なシャボテン、たとえば葦シャボテン類や孔雀シャボテンなどは、そのイミで、沙漠植物としての進化の度合いも低いし、したがって、気孔を通してのガス交換も容易だから、石灰分の必要性などもごく低く、ほとんど不用ですますことができ、中にはかえって、微酸性の土を好んで、石灰をキラう植物さえある、といった理くつである。

ソレと反対に、花籠《はなかご》だの菊水《きくすい》だの多くの牡丹類のシャボテンなどといった、いわゆる硬質シャボテンは、シャボテンの沙漠植物としての進化がもっとも高度だから、これらの植物の自生地が強度な石灰岩地帯であるという理由も、うなずけるワケである。

ところで、一体シャボテンや多肉植物が、その必要な石灰分を、どのようにして吸収するか、ということについては、今のところ、明確な説明がなされていない。石炭岩は炭酸石灰で、これはそのままでは水に不溶性だが、炭酸ガスなどをふくむ水によっては分解されて水にとける。考えられることの一つは、シャボテンや多肉植物が、根から酸を分泌して炭酸石灰をとかして吸収するということで、事実シャボテンや多肉植物を栽培している培養土は、古くなるにつれて漸次酸性をおびてくる。しかし、これは有機質の分解や、根の呼吸作用による炭酸ガスの排出、などによっても、培養土の酸度は微量ながら高まるから、かならずしもこれらの植物の根が酸を分泌するとは断じがたい。いずれにしても、しかし、シャボテンや多肉植物は高度な石炭地帯を選んで生育しており、はなはだしいのになると、ほとんど石灰岩の岩磐やその砕石の間にうずまって、機嫌よくこれらの植物は生育繁茂している。また、これらの植物の根が、別に酸を分泌して土中の石灰岩を溶解して吸収するというようなことをしないにしても、実際に、培養土がだんだんと酸性をおびてくるということは、酸性のきらいなこれらの植物にとってよくないことだから、その酸性を中和する目的で、石炭分を培養土中に加えることは当をえている。それも強アルカリ性の活性のものや水溶性のものはさけて、培養土の酸性化を持続的に中和させる目的にかなったもの、たとえば漆喰《しっくい》の砕粒だとか、石灰岩や貝殻の砕粒などを、培養土にふくめておくのが、妥当である。もし、これらの植物が根から酸を分泌して、それによって炭酸石灰をとかして石灰分を吸収するとすれば、それら培養土にふくめた石灰質は、植物が必要とする石灰分の補給源としての役割りもはたすワケである。

4　トゲと毛髪

シャボテンにつきもののトゲや毛髪は、これは植物学的には、葉の変形ということになっている（実際はおそらく托葉の変形）。だから、これらのトゲや毛髪の生じている序列は、シャボテンの葉序を示している。多肉植物の場合は、葉の変形によるもののほかに、花梗の変形によるもの、または葉そのものの変形ではなくて、鋸歯状をなした葉縁の変化したものまである。

これらのトゲや毛髪は、これらの植物が外敵から身をまもる武装の役目をしたり、また、強光線や寒冷をさえぎる役目をしたりしているが、その他、きわめて派手な色彩を誇示したものでは、花のかわりに、その植物の標識となって、昆虫や鳥類をそこにさそう役割りをすると解されるのもある。また、これらの刺毛のもつ繊維性の縦組織は、若い間にこの部分で、水分（時に養分まで）を吸収する性質をもつと解されている。

これらのトゲや毛髪は、主として繊維素から成立しているので、これらの刺毛のじゅうぶんな発達を、観賞上の立場から希望する場合には、植物が繊維素をつくりあげる原料とする炭水化物を、多量に植物体内に用意させなければならない理くつである。炭水化物は植物が葉緑素を媒体として、太陽光線と水と炭酸ガスとから、同化作用によってつくりあげるので、太陽光線が不足だと、刺毛がじゅうぶんの発達をみないのは当然である。

とくに、強豪なトゲを発生するシャボテンで、そのトゲに主たる観賞価値のある一群、たとえば、強刺属のシャボテンのなかには、ぞくに紅トゲものといわれる一群があって、そのあざやかな紅いトゲの色彩が観賞の対象となっている。このトゲの紅い色彩は、原産地に野生する植物の場合は、実にその鮮烈さにおいて、人眼をうばうもので、おそらく、あらゆる植物のなかで、こんなにあざやかに紅い植物は、他に類がないだろうとおもわれる。強いていえば、ハゲイトウの葉の紅さが、これに匹敵する。この、紅インクにひたしてとりだしたばかりのような、眼もさめるばかりの明るい透明な真紅色（または、半透明の帯紫紅色）は、強刺属とよばれる名の由来する強豪堅固なトゲの、堅い繊維内にふくまれる色素で、なぜこの植物のトゲに、このようなあざやかな色素を生じるかについては、まだつまびらかでない。この植物の自生地の土質中に、なにか特殊な化学成分がふくまれていて、それがトゲの色彩として発現するのだという説や、雷雨の多い地帯で、空電による空中の成生物が雨にとけて落ちて、地中から植物に吸収されるのだとかといった、根拠のあやしげな推論がおこなわれているだけである。ただ考えられるのは、この種の植物色素は、紅葉の場合のように、一定の寒冷によって発現し、乾燥と、一定の冷涼な温度の中で持続されるということである。だから、高温多湿な栽培によっては、この色彩は発現しないし、また、一たん発現した色彩も、退色をさけられない。この種のいわゆる紅トゲものといわれるシャボテンの原産地の夏の高温期は、きわめて土も空気も乾燥しており、夜露などがおりて多少とも湿気を生じる夜間は、せいぜい一七度Cをこえない冷涼さなのである。また、夏季以外の冷涼な季節が雨期で、その時生長するので、トゲの色彩は、その冷涼の中で色素を発現すると解される。私たちの日本における人工培養で、トゲの色彩を完全に発現させたり、原産地の野生植物のトゲの色彩を退色させずに永く保存するというようなことが、ほとんど不可能なのは、高温と多湿が同時に作用するせいだとおもわれる。

植物体のこの種の紅い色素を構成するシアン系色素は、だいたい一七度Cをこえるところで、水分によって変化退色するとされている。だから、一七度Cをこえても、よく乾燥していれば退色しないし、一七度C以下では、湿っていても退色しないという埋くつになる。したがって、例えば関東地方で、夏季夜間最低温二四度C、しかもこの季節がもっとも湿度が高いという風では助からない。この種の紅トゲ強刺属のシャボテンのトゲの色彩に関しては、今のところまだ解決のメドがつかない。夏季に比較的乾燥冷涼な気候をもっている北国や高原地での栽培が、いくぶん気ましな成績をあげているという程度で、満足しなければならない実情である。

5 花について

シャボテンと多肉植物を通して、原則的にいって、花が咲かない植物というのはない。ただ、非常に大きくならないと咲かないのや、温室やフレームのようなガラス室で、人工培養をする場合には、花が咲きにくくなるもの、などというのはある。ほんのごく初心なシャボテン愛好家は、必ずといっていいくらい、とにかくまず、奇麗な花が咲くシャボテンをといって、シャボテンや多肉植物を集める眼目を、まず花におく傾向がある。

シャボテンや多肉植物は、その形が少なからず植物ばなれして、いっぷう変わっているわりに、花は、ごく一部の多肉植物をのぞけば、そうヘンなものではなく、ごく通常の花をひらくので、その対照が何か新鮮な感じで、人をよろこばせるというようなところがある。つまり、シャボテンの花が、花として何か非常に見どころがあるとすれば、それは、植物との対照の妙、という点である。もう一つある。

それは、シャボテンや多肉植物は、体裁が立体的にできているために、がいしてごく生長が遅鈍で、それほど急激な派手な変化がない。ところが、このあまり変化のない植物が、突然ツボミを出して、からだに似あわないあざやかな花を咲かせるので、非常にそれが目立った印象をあたえるのである。たとえば、ジミで、醜男《ぶおとこ》で、引き立たないご亭主が、あでやかな美しい妻君をもっているようなもので、実をいうと、シャボテンが咲かせるぐらいの花は、普通の園芸草花としては、別に珍らしくない。大輪のダリアやキクやバラはもとよりのこと、ユリやチューリップやヒアシンスの程度の花でも、もしこれをシャボテンが咲かせたとしたら、花モノ園芸の中に大手をふってシャボテンも仲間入りできるだろうが、ソコまではちょっといかない。シャボテン好きは身びいきで、シャボテンの花の素晴らしさを誇張宣伝するけれど、シャボテンの花のよさというのは、そういう点にあるのではなくて、その植物との対比の上に、妙味があるのである。ダリアやキクやバラやユリやチューリップやヒアシンスは、花を除外したらどれだけの観賞価値をもっているか、早い話が花が終わって花弁が汚ならしくくずれて、鉢や地面に散らばったあとで、人を集めてみせるほどの価値があるかどうか、——そういう点を考えると、シャボテンの花が、まったく独特のものであることを理解するのである。

もっとも、シャボテンのなかにも、花の美しさを観賞の主体とする特殊なものが、まったくないワケではない。レブチア属やロビヴィア属や、その近縁のもの、ないしそれらの交雑種で、時に花の美しさを観賞するのを目的でつくられるものもあるし、とりわけ孔雀シャボテンにいたっては、もはや純然たる花園芸であって、これらはヒイキ目でなく、またカケ値なしにいって、まず、これにくらべられる美しい花は、そう類がない、といえよう。

シャボテンの花は、寿命が短いのが多いかわりに、花弁の細胞の粒子が粗脆《そぜい》で、光線の反射力が強いので、非常にギラギラと光り輝く、一種の光沢がある。まるで金属でつくった花とでもいいたいのが多い。これはシャボテンの花の独特な点で、そのかわり、同じシャボテンでも、幾日にわたって長もちする花には、この種の金属光沢は見られない。

孔雀シャボテンの最近輸入した優秀花の中などには、いずれも直径三〇㎝以上の巨大輪で、白く銀色に輝く幅の広い花弁のはしが、ごく細い、さえた濃い紫色の縁取りになっているのだとか、やはり同じ巨大輪で、全体きわめて淡い、——白に近いバラ色の、中心が濃紅色ボカシで、その全体が金属光沢をはなって輝いているとか、そうかとおもうと、花弁が波打っていておそろしく厚く、堅く、蠟質をおびた半透明で、エビ茶色のウルシ様光沢がある、などといった、変化の妙をきわめたものが、たくさんある。こういう花は、一般の花モノ園芸のなかでは、とうてい発見できない。

元来一種類の植物の花には、色彩に制限があって、虹の七原色をかねそなえたものというのは、まずないことになっている。たいてい何かの色がかけている。その、七原色をもっているのはシャボテンだけだ、というのが、昔からシャボテンの花の自慢のタネになっている。確かに、シャボテンは種類も多いけれど花の色彩も変化にとんでいる。と同時に、四季おりおりに、どのシャボテンかが花を咲かせている。一年を通して、シャボテンだけで花暦《はなごよみ》ができるほどである。がいして、冷涼な季節に咲く花に、紅系統の、やや長もちするのが多く、それからだんだんと、緑や紫や黄色や白が多くなって、夏の暑い頃には、寿命の短い、そして、主として黄色系から白色系になる。あの幽雅な香りと白い清楚な大輪の花で有名な、孔雀シャボテンの『月下の美人』などは、夜になって花がひらきかけて、一〇時すぎに満開になったかとおもうと、夜なかの二時には、もうハカなく、凋《しお》れかけるというほどの、短い寿命で、まさに、美人薄命の名のとおりである。もっとも、これはほとんど四季咲きといっていい植物で、六月ころから十月いっぱいまで、つぎつぎとツボミを出して花を咲かせて、見るひとを楽しませるのだけれど。

シャボテンも他の植物と同様に、あんまり栄養よく育ちすぎると、花つきがわるくなるという傾向をもっている。ことに、半陰、多湿、高温、というような条件のなかで、フヤカシ作りらしい育てかたをしたシャボテンは、花つきがわるい。比較的強い光線のなかで、乾燥がちに、いわゆるイジメて育てて、堅作りにした植物ほど、開花率が高い。というのは、ほかでもない。シャボテンの大部分は、乾燥期に、根から吸水して生長活動するのをやめて、体内に貯蓄している水を使って生きながら、毎日つづくカンカン日照りの中で、さかんに同化作用をいとなんで炭水化物をつくり、樹液を濃縮させて、その栄養で、花芽の分化、つまり、ツボミの準備をする性質をもっているからである。一定の開花樹齢に達しても、花をつけないシャボテンに花を咲かせたかったら、生長期にじゅうぶん肥培したあと、乾燥期には相当思いきって、乾燥的条件をあたえて、いわゆる植物をイジめる必要があるゆえんである。

なお、開花のための肥料としては、培養土に骨粉や、過燐酸石灰や木灰などを、植物の根を痛めない限度でほどこすことで窒素質が多すぎると、いちじるしく開花率が落ちる。

（一九六〇年 五九歳）

世界でいちばん美しい花を咲かせるシャボテン

シャボテンも多肉植物も、結局、必ず花を咲かせるのだが、フレームや温室内での人工培養では、なかなか花を見られないのや、よほど年数くって大木にならないと、花を咲かせないのなどもあって、栽培している植物の全部の花を見るということは、なかなか出来ない。

ごくごく初心者のシャボテン趣味家が、まず興味をもって集めたがるのは、花が咲くシャボテンで、年数くわないと花が咲かないというような植物には、あまり食指を動かさない。シャボテンの中には、実生一年生ぐらいの小さなうちから、よく花を咲かせるのや、少なくも、直径三糎《センチ》内外で、三寸鉢植えの小さなからだで、植物の直径よりも大きな花を咲かせて、アッといわせるようなのも少なくない。まず初心のシャボテン趣味家は、こういうのから集めてかかるのがならわしである。

しかし、そのうち、シャボテンの形の面白さや、その変化に興味を持つようになり、あまり、花には重点を置かなくなる。多少とも大形に育つシャボテンは、やはり、相当の年数くって植物が大きくならないと、花が咲かないし、その植物の面白さの主たる部分が花を咲かせるということにあるのでなく、トゲの様子や球体のかたち、色彩等の千変万化、——とりわけ、優美だとか、豪壮だとか、怪奇だとか、といった独特な観賞価値に重点をおくようになる。

しかし、花にそれほど重点をおかなくなったからといって、花に対して何も期待しないというワケではない。たとえば、あの黄金色の強いトゲで全身を飾るので有名な金鯱《きんしやち》は、フレームや温室内での人工培養では、恐らく、タネから育てて四十年以上もして、直径五〇糎を越す大きさにならないと花を咲かせないような、大器晩成がたのシャボテンだから、花を咲かせるのを目的でこれを栽培している者は、まずいないだろうが、しかし、もし四十年も栽培して、いよいよはじめて花を咲かせるようになり、ツボミを持ちあげてでも来たら、栽培家は狂喜して、それを迎えるだろうと思う。つまり、花をさして問題としない栽培家でも、やはり、栽培しているシャボテンが花を咲かせるということは、他にかけがえのないよろこびにちがいないのである。

むろん、シャボテンの中には、花を見る目的で栽培するいわゆる美花シャボテンというのがある。たとえば、十二月のクリスマス頃からお正月頃へかけての寒い季節に、カニの脚のような茎をたらした先から、色んなハデな色彩の花をいっぱいに咲かせるシャコシャボテンとか、これに似て五月頃に花をひらくカニシャボテン、その頃、もの凄い大きい、多彩な花を咲かせてケンラン豪華をほこるクジャクシャボテン類とか、宝山丸のような可愛いまるい球体から、眼もさめるような美花を咲かせるレブチア属の色々な種類、からだよりも大きな花をひらき、しかも色彩も花容も人眼を奪うほど華やかで美しいロビヴィア属とか、色々と、花の美しいシャボテンがあって、花好きのシャボテンファンの蒐集の目的になっているのなどもある。

ソコで、一つシャボテンや多肉植物の花について、面白い話題をひろってみよう。

シャボテンの花の特徴

シャボテンや多肉植物の大部分は、成長遅鈍で、長い年月をかけないと、なかなか大きくならない植物だから、これを栽培していても、半年や一年で、そうきわだって目立つほどの育ちかたをするようなことは、めったにない。中には、一年ぐらいではほとんど変化が見られず、わずかに成長点の辺に、多少新しいトゲがのびるとか、その部分の球体に、やや新鮮な成長活動の兆が見られる、といった程度の変化で、終ってしまうのが少なくない。要するに、あまり華やかな変化が植物自身にはあらわれないのが、この植物の特徴といえよう。

ところが、その中で、もっともきわだった季節的な変化を見せるのは、開花という現象で、これは、一年じゅうほとんど目立つ変化をしなかった植物の一箇所に、突然、小さくツボミをあらわし、やがて、それが見る見る数日で大きくなって、ある日、突然、思いがけない華やかな彩どりの、大きい美しい花を咲かせる。このツボミから開花に到《いた》るまでの変化は、他の草花のソレと、ほとんどかわりない。全体として、ひどく成長遅鈍で変化に乏しいシャボテンが、花を咲かせる時だけ、このような派手な活動をするというのは、ちょっと不思議な気がするほどである。

百年に一ぺん花を咲かせるシャボテン

この種の驚くべき開花活動をするので、特別に有名なのは、多肉植物のうち、アガベ科に属する竜舌蘭である。この植物はメキシコを中心に、北米の南部、南米の中部から北部という風に、シャボテンが分布する非常な広域にわたって自生する植物で、日本でも、比較的あたたかい太平洋沿岸地などには、ほとんど帰化植物のようになって、元気に戸外に成長しているのがある。

この植物は、百年に一ぺん花をひらくというので、色々話題にのぼり、花の咲いている写真が新聞にのって騒がれたりするので、しっている者も多い。しかし、実際は、百年に一ぺん花を咲かせるというのは、一種の伝説で、まあ順調に育ったものでは、四十年から六十年というところで開花するらしい。ごく大きいところでは、竜舌蘭類で、比較的小形のものでは、笹の雪とか雷神、乱れ雪、吹上などといった、フレーム栽培に適した美しい植物がある。

これらの植物は四十年から六十年という長い年月、ただ育ちに育ち、茂りに茂って、その植物体内に栄養をたくわえ、いよいよ開花年齢に達すると、植物の中心から突然、タケノコのように茎梗《けいこう》を出し、見る見る数日のうちに、それが太く高く電柱のようにのびあがって、やがて花梗の先の方に無数にたくさんのツボミを膨らませ、巨大な穂状に花を咲かせる。花の一つ一つは、萼《がく》と花粉の黄色だけが眼立つ比較的じみな花だが、何しろ、もの凄く壮大な花序をもっているので、温室の中で裁培しているような場合には、ガラス屋根をブチ抜いて、空高く数米《メートル》もそびえて、そこに大きな穂状の花を黄金色に輝かせるので、壮観をきわめる。

この植物は、この壮大豪華な花をひらくために、実に四十年から六十年というもの、ただ育ちに育って、体にエネルギーを蓄積し、いよいよ開花にあたって、わずかに、二週間から三週間、一と月という短い期間に、その蓄積したエネルギーの全部を使いはたし、スッカラカンになって、ケンラン豪華な花を名残りに、やがて未練げもなく枯れてしまう。胸がすくようないさぎよい生きかたをする植物だが、もっとも、このようにしてエネルギーを使い果たして枯れてしまうのは、花を咲かせた親木の植物で、この親木の植物のぐるりには、開花の前に多くの側芽を発生して、あとつぎの幼植物をたくさんぐるりに茂らせておくという習性がある。花を咲かせるというのは、植物にとっては生殖の行事であることむろんで、普通なら、この開花のあとに、多くの種子をつけて、この種属の繁殖をはかっているワケだが、大体自家受精する性質のない植物が大部分だから、人工培養によってたまたま一と株が開花したというような場合には、花は咲いてもたいていムダ花に終ってしまって、種子は熟さない。

こういう時には、花がすんで枯れてしまう前に、空高く壮大にのびた花梗の先の方に、種子のかわりに、無数に幼芽を発生し、それが風雨に叩かれて一面に地面に降って、そこらじゅうに落ちたのがそれぞれ根を出して、ちゃんとした植物として育ち、枯れた親木のぐるりをぜんぜんそのあとつぎの幼植物の藪《やぶ》で覆《おお》うてしまう、というようなことをすることもある。中には吹上のように、開花しても親木が枯れず、かえって分頭して大きな株立ちの植物となって、一層繁茂するようになるのなどもあるが、そういう特異例は少ない。

シャボテンの花の特殊な美しさ

シャボテンの花は、花の寿命の短いのが多い。はなはだしいのになると、クジャクシャボテンの中の『月下の美人』のように、夕方から花弁がひらきはじめ、夜の十時頃に満開になって、フクイクとした香りを温室いっぱいにただよわせたかと思うと、あけがた前の午前三時頃には、もうはかなくもシオれはじめ、朝とともにすっかり見るかげもなくシボんでしまうというようなのもある。

もっとも、花の寿命の短いシャボテンは、わりに開花する数が多いので、一輪々々の寿命は短くても、わりに長い間花を楽しむことが出来るといった傾向がある。中には、春から夏を通して秋の終りまで、思い出したようにツボミをもたげては開花する、いわば四季咲きというようなのもある。今のべた『月下の美人』なども、その一つだが、その他有星属のシャボテンの多くのものなども、四季咲きの性質をもっている。

一日か二日の、しかも日中一番日光が強く、フレーム内の気温の高い二、三時間しか花をひらいていないシャボテンの花は、花弁の細胞が非常に粒子がアラく且つ水々しいので、それが光線を反射するため、その反射率が高く、一種独特な金属光沢をもって輝いたり、あるいは、ガラス様にすきとおっていたりするのが多い。従ってシャボテンの花の大部分は、金箔《きんぱく》でつくった造花かガラス細工のような感じのものが多い。パッと華やかに花弁がひらいたところへ、日光がさしかけたりすると、キラキラと輝いて、まぶしいほどだ。

一般に、一種の植物の花の色彩というのには、変化の上に限定があって、たとえば、バラやキクには緑色がないとか、ショウブやアヤメには真赤なのがないとか、ボタンやシャクヤクには黄色いのが珍しいとか、といったぐあいだが、シャボテンは花の色に虹の七原色の変化があって、種類によってそれぞれちがうあらゆる色彩の花を咲かせる。植物自体が、ブコツでトゲだらけだったり、怪奇幻想をキワめたオカしな格好をしているのに、花はごく尋常で、思いもかけぬ可憐な咲きかたをしたり、アッと人眼を奪うほどあでやかだったりするので、この、花と植物との対照の妙がまた、きわめて独特で、ソコに、他の草花には得られない興味がある。まったく、とってつけたような花を咲かせるシャボテンが多い。

花の大きさもまた、種類によってとりどりで、大部分はからだのわりに大きい派手な花を咲かせるが、多肉植物の中などには、ムシメガネで拡大しないと、はっきり花器の構造がわからないような微小なのもある。

世界でいちばん大きな花を咲かせる植物は、スマトラ辺のジャングルの中で、グロテスクな肉質の花をひらくので有名なラフレシアとされているが、これについで、世界で第二番目の大きな花をひらくのは、シャボテンだとされている。例えば、森林性柱シャボテンの『夜の女王』と『夜の王女』などで、これらの巨大輪花をひらく柱シャボテンと、これもまた大輪美花でしられるクジャククシャボテンとを交雑育種してつくったある種のクジャククシャボテンなどは、実に直径三五糎という、バケモノのような超巨大輪の花を咲かせるのも出来ている。

そうかと思うと、フライレア属のシャボテンのように、日中最高温時に四〇度を越える高温と強日光を得られないと、せっかく咲くばかりに膨れたツボミも、結局花弁をひろげず、ツボんだままで終ってしまい、それでいて、ツボミのままでその中にちゃんと種子を熟させたりする、という風変りなのもある。いわゆる閉花結実というヤツだ。

花の中でも、常識はずれのかわった花を咲かせるのに、トウワタ科のスタペリア属やカラルマ属、タヴァレシア属などというのがある。

花はいずれも、弁の先が星形に五裂し基部融合した盃状または鐘状で、肉質だが、花の内部に硬皮状の皺《しわ》が寄ったり、こまかい乳頭突起があったりして、チョコレート色や紫色または橙黄色で、よく全面に絨毛《じゅうもう》を生じていたりする。ちょうど、海底にすむヒトデを連想させる。この花が、直径三〇糎にも達する大きなものから、指頭大のものまで色々で、殊にかわっているのは、花の匂いだ。外国ではこれを屍臭《ししゅう》と呼んでいるが、まあ、ちょっと油カス様の悪臭で、この花がひらくと、この臭気に誘われて、おびただしく金蠅《きんばえ》が群れて来て、卵を一面に産みつける。見たところ、腐敗した牛肉片でつくったようなこの花の、この異様な臭気のために、金蠅はこれを腐肉と間違えて、卵を産みつけるのだ。真夏の頃だと、この卵は一日もするとかえって、無数のウジとなって、一面にうごめきはじめるが、もともとこれは花であって、決して腐肉ではないから、かえったウジは喰べものがないため、そのままみんな死滅の運命をたどるワケだ。

察するところ、これらの植物が自生するアフリカの荒涼たる沙漠には、ナマやさしいミツバチや蝶がたわむれる美しい花などはなく、金蠅がむらがり寄る人の屍ガイや駱駝の屍骸などが散らばっているだけの世界なので、ソコでこの植物は、花粉媒助の目的に金蠅を群がらせるために、こんな花の匂いを用意したのではあるまいかと思われる。

シャボテンの花の中には、非常に美しい色彩をもって派手やかに目立つのと、そうでなく、わりにジミで目立たず、つつましやかでひかえ目に咲くのとがある。面白いのは、植物そのものが、派手な色彩の多くのトゲに覆われて、美しく目立つような種類の場合には、花はジミでひかえ目で目立たないのが多く、反対に、植物が比較的小さかったり、あまり周囲の環境からきわだって見えないようなジミなかっこうをしているようなものの花は、多くきわめて色彩も派手であでやかで、また花そのものも植物にくらべて大きいのが多い。これは要するに、見はるかすようなひろい荒涼たる沙漠では、ミツバチや蝶をまねいて花粉を媒助してもらうためには、何らかの目じるしをきわだてて、それらを誘いよせる必要があるワケだが、植物そのものがきわだって眼につくような場合は、それが目じるしの役割りを十分に果たすから、花をそれほどあでやかに派手に目立たせる必要がないからだ。

たとえば、れいのきらびやかな紅刺で全身を飾られているので有名な鯱頭《しゃちがしら》などは、その例の一つであろう。この植物は、ひろびろとした沙漠の一キロかなたに一本生えていても、植物自体がきらびやかで派手だから、あたかもそこに真っ赤な大輪のダリアの花が咲いているぐらいに、パッと華やかに目立つにちがいない。

花を咲かせる秘訣

シャボテンをつくっていて、花を咲かせたいと色々丹精しているのに、どうもウマく花が咲いてくれないといって訴えるシャボテン愛好家が、少なくない。

前にものべたように、シャボテンや多肉植物は、すべて原則として、必ず結局は花を咲かせるはずなのだが、中には、フレームや温室内で人工培養する条件では、なかなか花を咲かせないのや、また、よほど巨大な植物にならないと、花を咲かせないのやなどがあって、すべての栽培品の花を見ようというワケにはいかない。

しかし、小さい植物のうちから、フレームや温室の中で、容易に花を咲かせる種類も非常に多い。それにもかかわらず、手を尽して丹精をこらし、申しぶんなく元気よく育っているのに、さっぱり花を咲かせてよろこばせてくれないというような場合も、少なくない。こういうのは、花を咲かせるための独特な栽培法というのを心得ていないことから起こる場合が多い。

元来、シャボテンや多肉植物は、種類によって開花の時期がちがい、乾燥休眠期に咲くのもあれば、雨季の成長期に咲くのもあり、その中間に咲くのもある。しかし、ごく特殊なものを除くと、その植物が開花の準備をするのは、――つまり、植物体内に花芽の分化を行なうのは、乾燥期の生理条件の中でで、強い光線、乾いた風、しばしば一定の寒冷、それらによる幾分の成長抑制または停止、といったことがあったのちに、花芽の分化が行なわれる。だから、周年を通じて、このようなことが行なわれず、光線を柔らげられたところで、いつも多湿に、あたたかく肥育されて、水々しく元気に植物が成長しているような場合には、植物は開花樹齢に達して、開花に要する十分のエネルギーを蓄積していても、開花しないことがよくある。つまり、花芽の分化が行なわれないためだ。純熱帯のジャングル植物である『月下の美人』だとか、冬をしらない暖帯ないし亜熱帯植物であるメロカクタス属のシャボテンや、熱帯性柱状ユーフォルビアなどは、ちょっと特別で、『月下の美人』は四季を通して、ほぼあたたかく肥培されても、開花が行なわれるし、メロカクタスや熱帯性ユーフォルビアなどは、寒冷をともなわない乾燥休眠が、花芽分化の条件となる。メロカクタスなどは、冬季少なくも最低気温六度程度にとどめたいので、そのためには、冬季加温を必要とするのである。

他の一般シャボテン、とくに、原産地が冬季を乾期とする植物は、冬の寒冷期に充分に乾燥休眠させ、温度も、最低〇度から三、四度以上にのぼることをふせいでやると、この寒冷と乾燥休眠によって、花芽の分化が行なわれ、春になって、ツボミをふくらませ、やがて、温度と湿度を得て成長活動をはじめるにつれて、開花を見るようになる。比較的早く開花するもの、例えば多稜玉《たりようぎよく》属などは、二、三月頃にはもう開花するし、マミラリアなどは、もっと早い。有星属やテロカクタス属、コリファンタ属、エビ属などは、四、五月頃に開花しはじめるし、強刺属もこれに続いて花を見せて来る。冬に開花する特殊な植物、たとえば強刺属の日の出丸や真珠などは、夏から秋へかけての季節に、乾燥休眠を要する植物である。

夏の暑い季節に生長をとめて休眠し、冷涼な季節に生長する特殊な植物、いわゆる北米高山性植物とか、南アフリカの大部分のメセンなどは、高温な乾燥期に花芽を分化させ、ツボミの用意をする植物で、夏の乾燥期のはじめや終り頃に開花したり、秋から冬へかけての成長最盛期に開花したりする。花後成熟した種子は、次の雨期が来るまでの間、いわゆる後熟休眠期をすごし、降雨をまって発芽するという仕くみになっているので、その植物の自生地の雨期がいつだかを知ることによって、その種子が必要とする後熟休眠期間というのを、推察することが出来る。

有星属やフライレア属などは、雨期の最中に種子が成熟するので、ほとんどとりまきで、いい発芽成績を得られるのである。エビ属などは、雨期の終り頃に成熟するので、翌年の春の雨期のおとずれまでは、休眠していて発芽しない。

以上のべたことで、大体花を咲かせる栽培法の秘訣《ひけつ》は、理解出来たと思う。要するに、植物栽培にあたって、ある季節をえらんで、人工的に乾燥休眠させることで、いわゆる「いじめる」という栽培法をとるのである。美しい大きな花を咲かせるので有名なクジャクシャボテンなどは、八月の終りから九月中旬へかけて、水やりをひかえ、通風をよくはかり、やや強い光線にサラして、植物を少し弱らせるぐらいの心持ちで『いじめる』と、花をつけるのである。冬季、乾燥休眠を要求する一般のシャボテンを、特別保温や加温によって、最低六度C以上のあたたかさにして冬を保つと、いちじるしく開花をソコなわれるから、注意を要する。（こういう栽培法をとると、春から夏へかけての、植物そのものの成長も抑制される傾向がある）もっとも、開花を期待しない実生の幼植物などは、冬もあたたかくして成長させる方が、有利な場合が多い。

（一九六二年 六一歳）

火星に生えている植物シャボテン

宇宙船が打上げられるようになってから、といみに、火星のことが、地球の上の人間から、関心と興味を持たれるようになって来た。いったい火星とはどういう星か、という天文学に関する知識は、天文学者にまかせるほうが確かだが、火星にもし、一般に想像されているように、植物が生えているとしたら、その植物はいったいどんなものだろうか、という問題になったら、植物学者か植物に興味ある者、とりわけ沙漠植物のシャボテンや多肉植物とはとくべつなちかづきのある私たちが論じるべき問題になると、私は考える。なぜなら、普通植物が生きられる条件の中で、色んな極限と極限の間の幅のひろさでは、まず、これら沙漠の植物のいろいろに及ぶものは、他に考えられないからだ。だから、宇宙船が火星にむけて打上げられて、まず火星がどういう生存の場であるかを、植物について調査するためのメンバーを選ぶとしたら、われわれのようなシャボテン人以上の適任者は、ほかにないはずだ。

地球から観測した火星の状態については、色々まだ不可解な謎があって、これという確かな断定は出来ないことだらけらしいが、極冠と称する、北極南極に近いところに白く光る氷雪原があること、それがそれぞれ夏と冬とで大きくなったり小さくなったりすること、夏が来ると赤道近くにいちじるしく緑色がまして来る、などといったことから、両極の雪がとけて、仮想される大きな運河へ水がみちて来て、その運河沿いに青々と植物が茂る。——雄大に構想された運河がある以上、よほど智能のすぐれた生物が、そこに住んでいるのだろう、などという想像は、どうも、観測の結果、運河などはないらしいといわれている今日このごろでは、もはやこわれてしまった幻想にすぎないかもしれないが、北極の氷雪が夏にはとけて範囲が狭くなり、それにつれて、北半球に緑色がまして来るといった現象が事実とすれば、地球でのことをもとにして推理すると、どうも一種の植物がはえているらしいことが、かなり確かそうになって来る。

火星という名のように、火星は星の中でも赤味のかかった天体だが、これは火星のぐるりに大気のようなモノがあって、青い光線がそれに吸収されるため、赤味の多い光線が多く反射して来る、という結果だと解されるのだろうが、この大気の中で植物が茂り、また茂っているとすれば、炭酸ガスや酸素がどういう％かで、この大気の中に含まれていると見ていいのだろう。

ところで、火星には空をおおう雲のようなものはなくて、地球での場合のように、晴れたり曇ったり雨が降ったりする現象がない様子だとすると、地表のいたるところは、常に一滴の雨もない沙漠地で、ただ、夏が来て、北極の氷雪がとけて、どういう事情でか、その水が広い沙漠地の方へしみ通って来ることによって、地面が濡れて植物が茂って来るとしたら、だいたい火星の表面の植生条件は、ある種のシャボテンや多肉植物が、生存出来る程度のものと考えていいだろう。なぜなら、シャボテンや多肉植物の中には、摂氏零下一五度Cぐらいの寒冷から、四八度Cぐらいの暑熱にまで耐えられるのが、少なくないし、また一定期間、相当極端な乾燥と、また成長期には、かなりの湿度に堪えられるものがあって、地球上でも、他のどういう植物も茂らないひどい条件のところに、へいきで種属をはびこらせているのが少なくないからだ。殊に多肉植物の中には、単に乾燥に対して非常に強いだけでなく、相当の湿気にもたえられ、しかも、はなはだしい乾湿の変化にちゃんと適応していける特殊な体制をもったものがあるので、これらは、火星の地表が天体観測の様子から想像されるように、植物がいっせいに緑をひろげて茂るような多湿で高温な季節にも、たいていの植物が緑を失なって枯れてしまうような極端な乾燥にも、どちらにも耐えられる適応性をもっていると見ていい。暑熱と寒冷、一時的な多湿とはげしい乾燥、こういったものに平気でいられる植物として、シャボテンや多肉植物以上のものは、地球上ではちょっと考えられないが、火星の表面がもし地球の沙漠地帯よりも、もっと、この種の変化がはげしいとすれば、あるいは、これに適応するために、シャボテンや多肉植物よりも更に、特殊な進化をとげたものが存在する、という可能性がある。この場合、しかし、シャボテンや多肉植物よりも、もっと激しく乾燥にたえられるための進化が行なわれたとすれば、まあだいたいその植物は、シャボテンの牡丹《ぼたん》類とか、多肉植物のオベサやバリダ、またはメセンのリトープスとかコノヒータム、といった方向へむかって、更にその先まで進化しているかもしれないということが考えられるが、たぶん、そうではなく、火星の表面に夏が来ると、めだって緑色が増す、というようなことからして、たぶん、多湿と乾燥のひらきが、よりはなはだしいのに適応するというような進化をとげた植物ではないか、と考えられる。

火星にはえていると見られる植物

ユーフォルビアの鉄甲丸は、沙漠植物として、あるイミで進化の極限を示したものと解されるのだが、これは、乾燥期には落葉して球状の茎だけになり、雨期には緑葉をのばして、多すぎる水を蒸散させて調節する、という仕組みになっている上、あまりその乾燥と多湿とが、気温の周期的変化と厳密な連関性がない。夏に雨期が来てもいいし、冬にソレが来てもいい。元来、その土地々々の気温は、地球の公転と関係があって、いちおうちゃんとした周期をもって変化するのが原則だから、鉄甲丸の原産地でも、気温の変化は、だいたい規則的にめぐって来ているにちがいない。しかし、他の地理的条件やその他で、雨の降りかたはそれほど規則的でなく、気温の変化とかかわりなく、集中豪雨が来たり、あとに極端な干魃《かんばつ》が来たりする、といった状態と思われる。鉄甲丸はこれらに耐えるために、まず、非常に深く地中に主根をいれて、どんな集中豪雨が来ても、その根が直接水びたしにならないように、その雨水がだんだんと、地下へ浸透してゆくのを利用するように、また、そのあとに極端な干魃が来ても、地中深くには常に幾分の水湿が保持されるから、それを利用して生きている、という風に出来ている。その上、多湿な時には、過剰な水を急速に蒸散させるために、やわらかく大きく葉をひろげ、乾燥期になって、根からの吸水が減って来ると、随時葉をおとして、乾燥に対する厳重な防護体制をとるようになる。

シャボテンの牡丹類などは、非常に沙漠植物的進化をして、乾燥にたえられる植物のように思われているが、そうじゃない。実はこの植物は、かなりけわしい山の斜面などに生えていることが多く、したがって、このようなところでは、雨期に相当の雨量があっても、よけいな雨水はたちまち傾斜にそって、流れおちてしまうから、いつまでも植物の根が、水びたしになっているようなこともないし、そうかといって、永い乾燥期が来ても、この傾斜地の地表から数糎ないし十数糎深いところは、山の上から下へと重力で移動する地中水分で、いつも微量は湿っている。だから、これら牡丹類は、雨期にも、根が水びたしになるようなことはないし、冬の乾燥期にも、ぜんぜんヒゲ根まで干カラびて枯れてしまうというほどの目にはあわない、と考えるのが至当なワケだ。要するに、多湿がキライな植物であるにもかかわらず、根にはいつも適度な湿気を要求する、という性質があるわけだ。

しかし、火星に生えている植物としては、これら牡丹類は不適格で、それは、これらの牡丹類の植物にとって、火星の夏は地中湿度が多すぎようし、冬は冬で、乾燥がはげしすぎると考えられるのである。

この点、鉄甲丸は、もう少し適格性をもっているが、しかし、実際は、この鉄甲丸にとっても、地下から豊富に浸透して来るような土中湿度には、やはり耐抗性がない。火星の夏は、降雨の量の増加によって、地面に水湿がめぐまれるのではなくて、多量の雪どけ水が氾濫したり、浸透したりして来て、地面が地下からうるおって来ると解されるので、これに適応した植物体制をもったものでないと、ここで繁栄するワケにいかない。さすがに巧妙なしくみになっている鉄甲丸も、そのままの格好では、夏の地中湿度の過剰によって、カブトをぬぐにちがいない。

その次に考えられるのは、多肉植物のアガベやユッカ、アロエのたぐいだが、これらの植物の中には、寒暑にも強く、また夏の相当の多湿、冬の相当の乾燥にもたえられる体制をもつのがあるから、火星の気象条件を克服して、そこにはびこっていてもいいと解されるのがある。しかし、天体観測によってうかがわれるように、夏と冬とで、まったく地表の色彩がかわってしまうほどに、葉が茂ったり、またそれほどはげしく変色したり、また落葉したりする植物ではないから、その点で、観測の結果とあわなくなる。

ソコで考えられるのは、プヤ属の植物の、たとえば火星草 Puya raimondii などのような、あるいはその近縁種である。これらの中には、地生の植物もあるし、木の枝の先などに地衣や苔のように着生しているのなどもあって、地中湿度が多すぎて、地面が水びたしになっても、いっこう平気なのもあるし、また、永いはげしい乾燥期には、すっかり萎縮して枯れ草のように変色して、生きている植物と見えない状態ですごしているのが、少なくない。この変色は、一つは蒸散をふせぐために、放射状に出た葉が中心を包むようにしてまき返って、葉裏を見せて来るからで、この植物の群落は、夏と冬とで、まるっきり色彩がかわって見え、寒暑干湿にたえる強さも、たいていのシャボテンや多肉植物にまさっている。火星草はちょっとかわった植物で、人工培養すると、どちらかというと冷涼な季節に、元気に育ち、夏のいちばん暑い盛りには、むしろやや成長を停止して、休眠気味になるが、そのくせ、夏の間の相当の多湿に平気で、また、冷涼な季節でも、乾燥すれば成長をとめて、休眠してしまう。恐らくプヤ属の植物が火星に茂っているとすれば、多分、冬に乾燥休眠して夏に成長するような性質をもった種類かもしれないが、まあ、よほど火星草などに似た、大形の植物にちがいない。火星草も、非常に大形に育ち、葉張り直径一米以上、花もまた大変なもので、花序の直径一米、高さまたそれに似合う巨大な花をひらくので、植物のバケモノといわれたりしている不思議な植物である。葉は薄い皮革質で、表面は緑色だが、銀白色の絨毛をこまかく星状につけているので、やや銀白色に見える。まず、たいていの手荒《あ》らな栽培にたえる丈夫な植物である。これらの植物のほかに、火星に生えていると考えられるのは、これも沙漠植物の一種として扱われる復活草などで、これは、近縁の植物に、巻柏《けんぱく》（岩ひば）があるから、大体の植物の様子や性質は、想像出来よう。ただ、沙漠産の復活草は、オカしな植物で、この植物を商品として扱っている原産地近くの園芸商などは、この植物の栽培法について、こういう奇抜なことを書いているので有名である。それによると、こうだ。『この植物は、決して栽培しないで下さい。もし、友だちにこの植物を見せて自慢したかったら、その少し前にこの植物を水の中にひたして水を吸わせ、十分に葉をひろがらせてから、見せて下さい。それがすんだら、よく乾かして、しまっておいて下さい。この植物を鉢に植えて水をやって栽培したら、枯れてしまって、栽培に失敗します』まさに、こういう奇抜な植物こそ、火星に生えているのにふさわしい植物といえよう。この植物は、乾燥させると裏をかえしてまるまって、褐色《かっしょく》になり、水を吸って葉をひろげると、葉の表面の生き生きした緑色をあらわして、しかも、収縮している時の十倍もの面積になるという変った植物である。

（一九六二年 六一歳）

原爆実験地に生き残るシャボテン

アメリカの有名な原爆実験地ラスベガスは荒涼たる砂漠地で、私たちが愛培するシャボテンの原産地である。

また、先ごろ世界の世論を押しきって、フランスが原爆の実験を行なったサハラも、古来有名な大砂漠で、近くにはいろんな多肉植物がはえている。

シャボテン類は、そのからだの九五、六%までが水分なので、昔よく、これを庭境などに植えておくと、火よけの役にたつなどといわれていたのは、単なる迷信でないことがわかる。原産地の砂漠では、乾燥期によく野火のために、広大な地域が焼け野原になることがあるが、そこではシャボテンだけが焼け残って、また春がきて雨が降ると、新しく芽を吹くのである。

不死身なアロエ　このごろ、サハラの原爆実験地付近の、実験後の現場を撮影した写真を見たら、むごたらしく焼けただれた荒涼たる砂漠のところどころに、アロエのヤブが、かろうじてまだ生き残っているのが見えて、その不死身な強さに驚いた。

このアロエは、むろん全身焼けこげて、わずかに陰になったところだけが生き残ったのだろうが、もしかすると、この植物は放射能をもっているのではあるまいか。

死の灰事件　おかしなことに、静岡県焼津の漁船の黒竜丸[1]が、例の死の灰の事件で多くの被害者を出したときに、いちはやくアメリカから、原爆による皮膚障害には、これがいちばんよくきくからといって、まるで、原爆の特効薬のようにPRされて、アロエが送られてきた。

アロエ類は、もちろんシャボテンとして栽培されている植物で、日本ではふつう木立芦薈《きだちろかい》（アロエ・アルボレスセンス）を、医者いらずという愛称のもとに、やけどの薬や、胃腸薬、その他いろんな薬効あるものとして扱っている。

アロエ属の植物は、南アフリカを中心に、南西アフリカ、中央アフリカ、東アフリカというふうに、ほぼアフリカ全体の広域に自生している。その種類も二百種以上ある。その中には、花や葉の非常に美しいものが少なくなく、シャボテンの中に加えて、はち植えとして栽培して、少しも他の植物に劣らない。

この植物が、原爆実験地の焼け野原に生き残っていたり、この植物自体が、原爆症に対して多少とも薬理的効果があるというのは、まことにおもしろい。

ラスベガスでも、原爆実験を行なったあとは、取りくずした溶鉱炉《ようこうろ》のあとのように、凄愴《せいそう》をきわめた風景となって、新しい観光地として、物好きな見物客でにぎわっているそうだが、ここでも、少なくともいちばん近くにはえて生き残っている植物は、ヨッシア・ツリー[2]などといわれて、これまたシャボテンとして扱っているユッカの一種である。

むろん、そこらの岩陰にはえている小さなシャボテンの中にも、原爆の火熱と爆風に耐えて、かれんに生き残っているのが必ずあるはずだが、これは私たちのような、シャボテン好きでも行って調べてみない限り、おおざっぱな記録などでは見ることができない。

いずれにしても、シャボテンの不死身な強さからいって、原爆実験が行なわれたあと、いっさいの生物が焼け尽くして姿を消した荒涼の世界に、もし生き残っている植物があったら、それはシャボテンを除いて考えられない、ということだけは断言できそうである。

（一九六二年　六一歳）

世界を征服したタバコ・梅毒・シャボテン——コロンブスのおみやげ

アメリカを発見したコロンブスが、ヨーロッパへもって帰った色々なおミヤゲの中で、その後こんにちまでの間に、世界じゅうにひろまって、あるイミでは、世界を征服したともいわれる、いわゆる三大おミヤゲに、タバコと梅毒とシャボテンがあるのは、面白い。タバコは今では、国と人種のいかんを問わず、世界じゅうで愛好されているし、梅毒は、これまた、世界の人口をへらすほどの猛烈さで、海を越え山を越え、国境を越えて、どういう僻《へき》すうの地へもしみとおって、人類を畏怖《いふ》させた。今はまたシャボテンが世界じゅうに流行して、原産地ではそれを採り荒らされるために、絶滅する種類まであらわれて、私たちシャボテン・マニアを心配させているほどである。

いったい、このタバコといい梅毒といい、わが愛するシャボテンといい、つい近世紀近くまで、世界を支配する文化の発生地であるヨーロッパにはなかったものを、コロンブスがアメリカ発見のおミヤゲに持って帰ったトタンに、どうして、かくまで人々の嗜好（？）に迎えられて、世界にひろがったのか、という問題だが、これにはどれも、あとから理屈をあわせて論じる以外に、この疑問を氷解する明確な答えはない。

アメリカ新大陸を発見して、そこの風景や、そこにすむ土族たちの異風や奇習におどろいたヨーロッパの探検隊員たちも、肌の赤黒い裸の土族たちが、口に火をくわえて、プカプカと鼻や口から煙を吹いているのを見た時には、いったい何ごとかと、サゾ驚いたにちがいない。何とか手マネ足マネで彼らとつきあうようになって、こちらから持っていった鉄の斧と、向うで使っている金の斧を、ウマくとりかえっこしてのけたり（果たして本当かネ）相手がはじめて見る馬にのって見せて、茫然自失《ぼうぜんじしつ》させたりしながら、社交上手な誰かが、こころみに相手の口からそのくわえている火を取って、プカプカと煙をフカすマネをした時、やがてヤミつきになってニコチン中毒するほど、果たして、素晴しくウマかったかどうかちょっと考えられない。いったいタバコのウマサというものは、どこにあるのか、薬物化学の上からも、生理学の上からも、解明出来ないので、せいぜい、ニコチンが疲労感とか空腹感とか倦怠《けんたい》感とかを、軽く麻痺《まひ》させる生理作用があるために、ちょっと一服という気持が起きた時にこれを用いると、それなりの効果がある、といったなかばコジつけの理屈がつけられている程度だ。実はこういう生理作用は、結論と結びつくので、ただちょっとタバコの煙の匂いをかいでも、たまらなくそれに惹かれて来るというような一種の嗜好性が、何によるのかを解決するのにはいくぶんもの足りない。しばしばタバコ好きになる素質のある人は、子供の頃にオトナのすっているタバコの匂いをかいでも、それを何となく好ましく思ったりするのである。何の理由もなく何かを好むということは、あり得ないことで、それを好きになるというのは、それによって何かの利益になることがあるからなのである。ところが、ニコチンにいたっては、利益になることは何もない。疲労感や空腹感、倦怠感の軽い麻痺といったところで、あくまでもそれは脳髄《のうずい》を一時ゴマ化すことで、根本的な疲労や空腹や倦怠の解決にはならない。まあせいぜい、水の渇《か》れた井戸の中から、ちょっとの間水をくむのをやめて、底の方にまた水がたまるのを待って、またくみあげるというあんばいに、ニコチンの麻痺で脳髄の感覚がニブって、ホッとしている間に、貯蔵栄養を利用して、エネルギーの回復をはかる、という効果が考えられるだけだ。

まして、ほんとうにニコチン中毒にかかるほど、タバコに耽溺《たんでき》して、指の先を褐色に染めて、皮膚のたるんだ冴えない顔色をしているなどというのは、どういう利益をタバコによって求めているのか、考えるほどわからなくなる。人間にはその本性に、『頽廃《たいはい》』の因子があって、それによって、こういう魔性の嗜好を求める傾向があるのだ、というのなら、ややわからないこともないが、そうだとすれば、アメリカ新大陸のインディアン土族の方が、ヨーロッパ人よりも、すすんだ文化を持っていたということにもなりかねない。もっとも、これらインディアン土族の祖先であるメキシコのアズテック(1)や、南米のインカは、エジプトやバビロンのそれに劣らないすばらしい古代文化をもっていたことが、証明されている。そういう私は、今までの口ぶりでもわかるように、タバコ吸いではないが、これは、タバコぎらいからでなくって、むしろ、タバコの煙には好意を持つほうだが、なぜタバコを吸わなければならないか、ソコのところの理屈が納得いかないので、吸うことをしないというだけのことだ。

次に梅毒だが、これは人類に嗜好されて、世界にひろがったのじゃない。人類の嗜好は別のところにあって、そのおマケとして、たとえば、大売出しの景品みたいなあんばいに、売り手から買い手にと渡りひろめられたワケだ。この猩獗《しょうけつ》は、しばしばある地方の人口を半減させたりするほどもの凄くて、人類増加の大敵として医学にニラまれるようになって、やっと、無際限の流行をおさえることが出来た。それでも、まだ医療や衛生の発達しない未開族などの間では、猛威をふるっているようなことがある。

昔、台湾が日本の領土になったはじめの頃、れいの生蕃《せいばん》(2)と呼ばれた土族たちの間では、こういう場合によくあるように、支配国を尊敬してこれに同化することを光栄とする風潮が、盛んになっていた。ソコで、蕃族の若い男たちの中には、日本の女と接触するのを誇りとするような風習があったが、そういう女の相手が、普通の家庭のムスメさんや何かではなかったから、色々異変が起きた。つまり、コロンブス卿のおミヤゲをしたたか頂戴したワケだ。

台湾の土族の間には、万葉時代の日本の貴族などがやったように、日常の会話を歌でやりとりするという風流な習慣があって、とりわけ恋し合う若い男女は、その恋い心を相手につたえるのに、たいてい相聞歌《そうもんか》を歌いあっていたという。佐藤春夫先生(3)の台湾紀行の中にこういうことが書いてあったのを覚えている。下界の日本人町へ出かけてゆくボーイ・フレンドを見送りながら、土族の乙女が歌っていった。『日本人の女はこわい。注意しないと、日本人の女には歯があるから、心配だ、云々』

つまり、コロンブスのおミヤゲが、台湾土族の青年たちの間にも侵入して、大事な『男性』をなくしてしまうものが、簇出《そうしゅつ》したワケだ。

たぶん、コロンブスにひきいられた勇敢な探検隊の男たちの中にも、こういう『男性』喪失者が結構いたろうと思うのだが、この男性喪失が、やがて世界中に恐慌《きょうこう》をひきおこすことになったワケだ。

梅毒は、水銀剤や、その後抗生物質などの進歩で、だいたい喰いとめて、世界じゅうの男性を、男性喪失者にしないですむようになったのは、メデタシ、メデタシだが、この病気が、昔メキシコの古代土族などの間にどんな猛威をふるったかは、メキシコ市庁をつくる土木工事の折、土中から無数にたくさん掘り出された古いシャレコウベに、精神分裂症を外科手術して治療した跡が、むやみやたらにあったということでもわかる。梅毒は精神分裂症のもっとも多い原因とされているのである。

さて、三番目のおミヤゲのシャボテンだが、これはコロンブスの第二次アメリカ探検の際に、この新世界の珍植物としてもたらされてヨーロッパの植物界を驚かせたらしい。この時もってかえったシャボテンは、西インド諸島など、コロンブスの探検隊ののった船が容易に寄港した島々の、海の波にあらわれるような岸辺にまで、特異な姿をあらわして生えていた瓜シャボテン属 Melocactus の植物だったろうといわれている。この瓜シャボテン属の植物は、球状の茎幹の頂部に、いわゆるトルコ帽といわれる、紅い繊刺《せんし》と絨毛のかたまりからなった円筒形の、異様な形をしたセファリュウム(花座)を生じていて、この花座の頭のところに花が咲いたり、果実を生じたりする。いわば植物の生殖器なのだが、シャボテンの植物的進化の上からいうと、エキノカクタスの頭にマミラリアをのっけたようなもので、丁度前者から後者へ進化しようとしている中間のような植物とも解される。この花座は、この植物が成木にならないと発生しないので、大形のものでは九年ぐらい、小形のもので五、六年でこの年齢に達するようだ。面白いのは、花座が生じると、この花座が、年々大きくなって、それが一種の年輪のように、古い部分を外側に新しい部分を内側に、あるいは古い部分を下部に新しい部分を上部に、だんだら縞《じま》をなして成長することで、それが非常に特異な景観を示すので珍重される。

この植物の原産地は海洋性気候が支配する熱帯や亜熱帯の島嶼《とうしょ》海岸などで、冬の寒さというものをしらない植物が多いため、日本でのフレームや温室栽培では、冬が少し寒すぎる。出来れば加温して、冬季最低六度C程度以上のあたたかさにしてやるべきで、一度や二度では、もはや寒すぎるし、〇度以下にするとテキメンに寒害を受けたり、凍ったりしてダメになる。ダメにならないまでも、〇度近い寒さにあわせると、春から夏へかけての成長が思わしくなくなって、非常に成長しにくくなる傾向がある。冬季十分あたたかにすごさせると、この植物は本来丈夫で成育が早いので、驚くように元気に大きくなって、ほかに手がかからないのである。

コロンブスがヨーロッパへおミヤゲに持って帰ったメロカクタスは、ヨーロッパの冬の寒さで、恐らくすぐにイカれてしまったろうと想像されるが、これがきっかけで、シャボテンという新大陸特産の植物は、大いにヨーロッパの植物愛好者の間の興味をひき、その後機会あるごとに、色んなシャボテンが原産地からもたらされて、だんだんと、植物ずきの特志家の間に、その蒐集や研究が行なわれるようになった。それが、この植物の植物学的研究が、ヨーロッパで早くから進歩した理由で、要するに、それを刺激したのは、ひとえにこの植物の、園芸的珍奇さにもとづいたと解するのが正しいだろう。

シャボテンずきは今や、世界にひろまって、根強い愛好者が日ごとにふえていっているが、その園芸栽培の技術や、これに美を求める観賞眼の深さについては、日本にくらべられるものはない。タバコは専売公社の奨励《しょうれい》で、今や女性の世界にもひろまって、莫大な税金で国庫の財源をうるおわせており、梅毒は保健衛生と医療の進歩で、まあ大体一程度以下に喰いとめることに成功した。シャボテンは、政府や公共の誰の世話にもならず、シャボテン愛好家の手で、今や、日本はもとより、世界じゅうに流行しようとしているのは愉快だ。

コロンブスの三大おミヤゲのうち、タバコと梅毒とシャボテンと、その中のどの流行が一番好ましいか、ひとつ比較研究するものが現われてもいい理屈だ。

（一九六二年 六一歳）

シャボテン狂の見る夢——フロイド先生にきいてみたい

シャボテン好きも、だんだん病膏肓《やまいこうこう》に入ると、シャボテン・ファンといったナマやさしいものでなく、シャボテン・マニアという心境にはいる。日本では、普通シャボテン愛好家を、あっさりとシャボテン・ファンと呼んでいるが、外国ではこれをファンと呼ばないで、もっぱらマニアといっている。実際はこの方が正しいので、本当のシャボテン愛好家の心理は、いわゆるファンという程度のものでなく、精神病学の対照〔ママ〕となるマニアの境地にたいていはいっているものだ。

ファンとマニアとどこがちがうかというと、ファンの方は、野球ファンとか映画ファンとかというように、野球や映画が好きで、その好きに深入りした結果、なかなかその方面の知識もゆたかになり、これに熱中して、野球ならば、ひいきのチームやメンバーに声援を送るとか、映画ならば、特定の監督の作品を熱愛したり、すきな俳優を後援したりする。しかし、まあだいたいそのていどがとまりで、ひいきの野球チームが負けたりすると、ちょっとショげるぐらいのことはあるが、それ以上責任を感じて甚だしく煩悶《はんもん》したり、それですっかり悲観したりするようなことはない。その点マニアとなると、これは対象との一体感のために、対象とともに一喜一憂する心理で、たとえば、シャボテン好きも、フレームの二つ三つも持って、二百種三百種とシャボテンを集めるようになると、朝に晩にフレームをのぞかないと、承知出来ないし、新しい植物を買いこんだり、可愛いがっている植物が特別に元気のいい育ちかたをしたり、花をひらいたりすると、ぜんぜんわがこととしてよろこぶし、その反対に、大事な植物のどれかが枯れたり、元気がわるかったり、ほしいほしいと思ってアコがれている植物を、フトコロ都合で買えなかったりすると、さっぱり浮かない気持で、ふさいだり悲しんだりする。こうなると、もうシャボテンに憑《つ》かれたようなもので、いわば惚《ほ》れたやまいも同様、シャボテンなしには日も夜もあけないというあんばいで、まさに、精神病学上マニア(偏執狂)とよばれる症状に似て来る。

ずっと前、あるシャボテン同好会の会誌にシャボテン・マニアの某君が、一文を寄せているのを読んだことがある。それによると、自身のこのマニア振りを反省して、ある時代の自分は、シャボテンなしの人生の日常というものを考えられなかったほどで、それによって家族を苦しめ自分を苦しめ、云々というような、この世界のマニアの誰でもが、大なり小なり心の中にわだかまらせていることを、いたって素直に正直に打開けていたので、ほほえましく覚えたことを記憶している。

これほど大まじめに、マニアの心境を、自剋《じこく》的に反省しないでも、まあ、マニアとあるからには、好きなシャボテンを買う小遣いを、オクさんからくすねたり、子供がシャボテンのトゲを引っかけて転んだりした時、わが子のケガよりもシャボテンのトゲが折れはしなかったかと、あわててシャボテンの方へ手をのべたりするぐらいのことは、まず、百人が百人ありがちで、あえて、これを大げさに自省して後悔したりするにもあたるまい。

シャボテンという植物は、一種の性格的な植物で、バラやダリアやキクやチューリップやといったような、そのパッと美しい、派手な花容や色彩で、植物の方から人間に媚態《びたい》をしてかかるというようなものではなく、シャボテンのもっているある深い性格と、こちらの性格とが惹きあった格好で、これを愛着して来るといったところに、独特な境地がある。これを男と女の愛情にたとえれば、誰もが一見してキレイだという姿かたちの女に、その素姓も性格も、情操の高下も教養の如何もぬきに、ただ好きになってその美を愛撫《あいぶ》しようとする、といった惚れかたと、容貌やすがたかたちよりも、もっと深いところにある何か性格的なものに、魅力を感じて、それに愛執を覚えて来るといった惚れかたで、むろん、これに容貌や姿かたちも関係するし、情操や教養もその魅力の味つけになってはいるが、とにかく見かけだけの、常識的な美しさとはちがう、もっと深いところにあるモノに別な美を感じて、それに惹かれる、といった気持、これがシャボテン・マニアがシャボテンを愛する心理だといえよう。

こういう心理をこまかく分析して、アレコレと論じるのは、精神分析学がやることだが、ここで大ざっぱにいってみると、本当のシャボテン・マニアの心理というのは、次のような二つの要素に分析出来そうだ。

その一つは、コレクションのよろこびで、これは、切手やマッチの蒐集、コケシ人形やもっと物騒なオモチャのピストルの蒐集、といった、いわゆる何かを集めることのよろこびだ。昔徹底した女道楽をした男に、ドン・ファンというのがいて、それ以来、とめどなく女道楽をするものを総称して、ドン・ファンと呼ぶようになったことは、ご承知の如くだ。このドン・ファンは、要するに女のコレクション、ないしは、女とのあらゆる恋愛方式のコレクション、更にあるいは、女とのありとあらゆるセクシュアルな快楽法のコレクション、といったもので、結局はコレクションのよろこびの範疇《はんちゆう》にはいること間違いない。だから、シャボテン狂は、もし何かの機会があって、シャボテンの魅力というものに触れず、これを理解しなかったら、シャボテン以外の何かのコレクションにウキ身をやつしたかもしれないので、私の知っている範囲で、もの凄い酒の耽溺者《たんできしや》だったのが、今はさっぱり酒をやめて、シャボテン集めに夢中になっているのがあるし、また、まさしくドン・ファンに値いする女道楽者だったのが、シャボテン道楽に没頭するようになって、今では夫婦円満、いっしょによく私のところへやって来て、もっぱら目下のところはダンナさんはオクさんのろけ、オクさんはダンナさんのろけで、手がつけられないのがいる。まことにヨロシき風景である。

コレクション心理の中には、ひとが持っていないような珍しいものを集めて、鼻をあかせ、その優越をほころうとする一種の貴族趣味もまた、必ず同居しているもので、だからこそ、シャボテン狂もまた、ひとの持っていない珍種奇種を、自分ひとりだけ持っていようとしたり、ひとよりも上手に栽培された出来のいい植物を持って、自慢したいというような気持が、必ずつきまとっているもので、ソコでこの世界は、大なり小なり、お天狗さんの寄りあいのようなあんばいになるのが自然である。

つぎに、シャボテン狂というのは、他の植物愛好家によく見られるような、その性格それ自身が植物性で人生に消極的だ、というようなのと反対に、すこぶる活力にとみ、智恵も才覚も人生に生きる情熱も、人なみ以上で精力的な生きかたをしているというのが、少なくない。シャボテンや多肉植物は、それ自身が、人煙はなれたはるかな天涯の沙漠にすむ隠者のような面影をもっている植物だが、これを愛執する人間の方は、たいへんそれと反対に、積極的に人生を生きてたたかってゆく型のエネルギッシュなタイプが多いというのは、面白い対照だ。

『草花の好きなひとに、悪人はいませんヨ』というような、通り言葉が世間にあって、大いに草花愛好家の世間的信用をたかめているが、シャボテンはただの草花ではないと見えて、どうも、この言葉をそのまま額面通りに受取りにくいのが、シャボテン愛好家の世界であるともいえる。

むろん、これは『悪い奴ほどよく眠る』[1]ではないが、シャボテン好きは草花づくりのように、単純な善人ばかりじゃない、というイミではない。もう少し性格構成の複雑な人間によって、しばしばシャボテンは性格的に愛されるらしい、というのであって、こういう見方でシャボテン愛好家の世界を眺めると、かなり思いあたるフシがあるのに思いつかれるにちがいない。

いったいこれは、どういうことかというと、要するに、こういう性格の人間に限って、しばしば自分が生きる世界の、人間くささを鼻もちならず嫌悪する一面の心理あるがゆえに、一方、ひとりだけの孤独な心境に立った時、この隠者のような、奥深いしずけさをたたえた植物に、何かホッとした心のなぐさみを覚えて、これに惹かれる心理を意識する、とでも解釈するのが正しいだろう。要するに、人間の中には、強い積極的な生きかたをするタイプと、弱々しい消極的な生きかたをするタイプと、二つがあるが、シャボテンという植物は、どちらかというと、前者の、積極的に情熱的に人生を生きようとするタイプの人間に愛されるという不思議な宿命をもっていることを否定出来ない。

話が少し横みちにそれたが、さっきあげたれいの、ある同好会の会誌で、やはりこれもあるシャボテン・マニア氏が、こういう述懐をして書いていたのを読んだ覚えがある。

それは、このシャボテン・マニアが、もう一人の親しいシャボテン・マニアに、何気なくシャボテンの夢を見た話をしたら、即座にその友人も、しょっちゅう見るというシャボテンの夢の話をして、二人とも、どうもこれは、ひとかたならずシャボテンに溺れている証拠だナといい合って、笑ったというのだ。文章表現の一句一句は忘れたが、何だか妙に、心の深まるいいかたをした文章だったように記憶する。たぶん、シャボテン・マニアは、たいてい幾度かは、こういうシャボテンの夢を見て何か心の深まる現実感をもって、それを心にとめているようなことが、少なくないと考えるのだが、私もそれについては色々心にあたることがある。つまり、たくさん見る夢の中で、私も人後におちず、シャボテンの夢を見るが、不思議とその夢は、現実の世界の記憶にもまさって、生き生きとした深い印象を、心にとどめているのが多い。

いちばん多く見るシャボテンの夢は、シャボテンが原産地風に自生している夢で、それも、どこかの原産地へ行って、その自生の模様を、書物や写真で読んだり見たりした知識から、連想して見る、というのではなくて、自分のすまいのぐるりが、何かの都合で、自生地になっているというオカしな夢が多い。

庭のうしろから、裏山続きに土手の傾斜の草むらを行くと、芝焼きをしたあとの短く雑草がのびている庭に、よくさがさないとわからないような、小さな多稜玉属のシャボテンが、ひそんで生えている。元来、この辺の山には、こんな風にして小さいシャボテンが生えているので、非常に平素も愛情をもっている好きな場所だが、幸い、だれもまだこんなところに、シャボテンが野生していることなど気がつかない。タネがこぼれて、発芽して、せいぜい一年か二年というごくごく小さなシャボテンが、それも、よほど丹念にさがさないとわからないほど、ところどころにしか生えていないが、さがせば必ず、何本かは見つかる。裏庭から続く土手のところで、ほかのシャボテンは生えていない。竜玉や竜舌玉のような、ごくありふれた多稜玉属のシャボテンで、指の頭ぐらいの小さなものばかりだが、中に早春には、れいの紫色の中すじのある花を咲かせそうなぐらいの大きさのもある。

もし、日本のシャボテン・マニアの住まいのぐるりの、裏山つづきの土手の藪陰などに、こういうあんばいに、本当に、シャボテンが時に野生していたとしたら、どうだろう。何となく考えただけでも、心おどるような空想だが、夢はこの空想を、本当に実感味をもって味わわせてくれるのだからうれしい。

ところで、原産地へ出かけて、シャボテンの自生地を歩いた諸君が語るところによると、一面にそこらにシャボテンが生えていても、ぜんぜんそれを採集して、もって帰る気になんかならないという。この心理はちょっと奇妙だが、幾人かの原産地旅行経験者が、だいたい同じようなことをいうところをみると、こういう気持になるのは本当らしい。

ありふれた植物でなく、平素相当貴重なものとして大事にしているような植物でも、自生地にたくさん野生しているのを見ると、とる気にならなくなるらしい。

高山植物などは、愛好家が山のぼりして、そこらの岩角にコビりついて花を咲かせている貴重な高山植物を見ると、やはり、それを採集してもって帰る誘惑を受けるらしい。私にもその覚えがある。北アルプスのツバクロの頂上で、雪のように白い石英礫《せきえいれき》の堆積《たいせき》の間に、ワザと矮《わい》小《しょう》に仕立てたようなコマクサの株が、青白く光る繊細な葉の間から花梗を出して、低くちんまりと桃色の花を咲かせている可憐な姿を見た時、やはり、ちょっと取って帰りたい気持が起きた。しかし、夜は天界の冷たい雲霧の中で眠る習慣をもつ美しい妖精のようなこの植物を、やはりソコから引きぬいて、下界へ持って来る人間の利己感情に、批判的な気持も強かったようだ。

シャボテンの自生地を旅行しても、これらの植物を採取する気持が起きないというのは、こういう感情とはむろん別らしい。結局、シャボテンを愛好するというような心理は、生活感情の第一義的なものではなくて、生活感情の中から第二義的に昇華するもので、やはり、趣味道楽の世界にかたちをなして来る気持だから、沙漠を旅行するといった、その旅行者の人生の中で、一応第一義的なウェイトをもった行動にくらべると、ずっと比重の軽い小さなものになるのだろう。要するに、あるイミで、沙漠という大きな自然に圧倒されるのだろう。さもなければ、沙漠という大自然の中に自分もとけこんで、沙漠の自然的景観を構成するファクトであるシャボテンを、自分と分離して考える気にならなくなるのだろう。

ここまで書いたら、思い出した。さっき、シャボテンの夢を見たあるシャボテン・マニアの話をしたが、彼が見たシャボテンの夢というのは、崖《がけ》にかかった大きな滝のところに、しぶきに濡れてメセンのディンテランタス属の何かの植物、それもの凄く大きいのが生えていた夢だったという。妖玉だとか、南蛮玉だとかといったこの属の植物は、一種ナマナマしい肉色をした植物で、この種の玉形メセンの中でも、いちばん湿気に弱い栽培のムズかしい植物だが、この植物がとりたてて滝壺近くの岩壁に、しぶきに濡れてはえている夢を見たなどというのは、心理分析すると一種のコンプレックスなのだろうというようなことを述懐してのべていたように記憶する。フロイド先生にきかせたかった夢だ。

名人栽培家のところで述べた万清こと山田時次郎氏からも、一度彼が見たというシャボテンの夢について、話をきいたことがある。それは、屋根の上へのぼって行ったら、ウバタマだか何かが生えていたというのだ。

元来、屋根というのは、構造上、一種の沙漠的条件をもっているので、温度さえ無理でなかったら、ここにシャボテンや多肉植物が自生していても、不思議ではない。瓦屋根の目土の崩れたところ、風雨に朽《く》ちかけた藁屋根《わらやね》の谷間、といったようなところに、シャボテン類のタネが落ちていたら、そこで発芽して、シャボテンの自生地になる資格を十分にもっている。実際、小形レンゲ類のうちのセダム属とかオロスタキス属の植物が、小田原辺の農家の藁屋根の上を原産地としているとか、それらの中のある種の植物が、信州善光寺の伽藍《がらん》の屋根に生えていたというような伝説は、必ずしも伝説ではなくて、十分にありうることだ。

冬の寒さが、あまり度を越さず、シャボテンや多肉植物の冬越しにたえられる程度の地域で、屋根の上にシャボテンや多肉植物のタネをまくなり、幼植物を植えてほうっておいたら、やがてここは、シャボテンの自生地となって、シャボテン・マニアの夢をみたしてくれそうな気がする。

太平洋暖流地帯の、岬や入江のどこか無霜地帯の荒蕪地《こうぶち》などを利用して、そこへ、何でもいいからシャボテンや多肉植物の種子を、やたらただまき棄てておいたら、よほど面白いといつも考えている。それらの植物のうちどれかは、日本のこの環境の中で発芽成長して、何年かのちには、藪のように茂ったりして、やがて、一種のシャボテンの自生地がここに出現するだろうと思われる。さっきの夢のように、裏山続きの土手の藪陰に、竜舌玉の子が生えて、ひそかに春になると花を咲かせたりするというのが、夢ではなくて現実にならない限りもない。

（一九六二年 六一歳）

世界で一番珍奇な植物『奇想天外』

地球を覆うて、地上はもとより、水中、海中にまでひろく成育している植物の種類と数は、実におびただしいものだが、その中で、特別にただ一本をあげて、いったい、あらゆる植物の中で、最も珍奇な、不思議で且《か》つ面白い植物は何か、ときかれた場合、世界の植物学者が一言で、これだ！　とこたえられるものがあれば、それは、ここにあげた『奇想天外』だといわれている。むろん、この『奇想天外』という言葉通り奇想天外な名前は、日本のシャボテン界で通っている名前で、実は、幾分学名をモジったものだが、学名は、正式には Welwischia bainecy、一般的には Welwischia mirabilis といわれている。

ウェルウィッチア科には、この『奇想天外』がただ一属一種あるだけで、裸子植物と被子植物の中間、つまり、下等植物と高等植物の中間にあるという、植物分類上の地位もまた、甚だしく珍しい。

この植物の自生地は、南西アフリカのナミブ沙漠で、ごく局限された一、二の地域にしか自生しないうえ、この植物は、その体制や生理が非常に独特で、一般のシャボテンや多肉植物のように、原産地で野生植物を採取輸送して、また活着させるということが出来ないし、実生もまた非常に困難または不可能にちかいのと、この世界的珍奇な植物を、自生地で保護するために、採取移出をきびしく禁じられているため、植物の現物を見るためには、どうしても、雲煙はるかなアフリカの蛮地まで旅行して、その原産地をたずねなければならないことになっている。

かくして、この世界的珍奇植物を見るために、世界の植物学者がここを訪ねるところから、遂に、この自生地の沙漠は、ウェルウィッチア平原と名付けられるようになり、そこに一番近い土人部落は、ウェルウィッチア村と呼ばれ、ここへゆくのに一番近い鉄道駅は、ウェルウィッチア駅と呼ばれるようになった。

いったい、ある植物に名前がつけられる場合に、それが自生している地方や村落の名前をとって、植物の名とされることは、往々にある。たとえば、北米テキサス州に原産する綾波は、ホマロセファラ、テキセンシス Homalocephara texensis なる学名を与えられ、同じくコロラド高原に原産する月想曲には、コロラドア Coloradoa 属なる学名がつけられている。南米ペルー原産のアレクィパ属 Arequipa の植物は、その代表種の植物が、アレクィパ市付近に原産するところから、この属名が与えられ、同じチリー原産のコピアポア属 Copiapoa も、同国アタカマ州のコピアポア市の名にちなんで名付けられた、という風である。

しかし、植物の方が非常に有名になったために、その自生地域に植物の名をモジった名がつけられたり、それに近い部落の名前に、植物の名が用いられたり、鉄道駅の名まで、その植物の名になったりする例というのは、恐らく、他にない珍しいことで、いかにこの『奇想天外』が、珍奇な植物として世界の植物界の興味を集めているかを物語るものといえよう。

いったい、この植物のどこが、そんなに珍奇なのか、なぜこれが、一科一属一種で、裸子植物と被子植物の中間にあるのか、などという植物学上の解説は別として、この植物の不思議さについて、ちょっと説明を加えておこう。

すべて植物は、大体茎や枝の頂部に成長点があって、そこで細胞分裂が行なわれて、成長することになっている。しかし、葉には成長点がないので、葉は一応その植物固有の大きさにまで育つと、あとは成長をとめるもので、葉そのものに成長点があって、一枝の葉がとめどもなく大きく育つというようなことは決してない。

ところが、この奇想天外だけは独特で、葉は短い茎の頂部から、対生して二枚生じるが、この葉は最後までたった二枚きりで、種子から発芽する時子葉を二枚生じる以外、やがてこの子葉は枯れ失せて、あとに二枚の本葉を残し、生涯を通じて、葉はこの対生する二枚きりである。ところが、この不思議な植物は、葉の基部に成長点があるため、この二枚の葉が永久にのび続け、だんだん幅広く、長く、ベルト状にのびて、とめどがない。

葉は厚く丈夫で、濃く白粉《おしろい》をこうむって美しい明るい空色を呈し、しまいには、幅一米以上、長さ数米になるが、何ぶん、何十年何百年とのび続けるため、先の方の古い部分は、長い年月風雨にサラされて、ボロボロに引き裂け、波打ちウネリくねり、沙漠を吹く嵐にひるがえりなびいて、まるで生きもののように、焼け砂の上をはいまわっている。

茎は地上に低く塊状《かいじょう》を呈《てい》し、中央に割れ目があって、怪物が口をあけたような奇異な形になって木質化し、二枚の幅広い葉はそれを両側からかこんでのびる。

この植物は雌雄異株で、花は葉のつけねのところから、花梗を分岐させて咲くが、雄花は紅色で特に美しいといわれる。大体、十五年ぐらいで、開花樹齢に達するらしい。

この植物を、原産地から採取輸送させて、人工培養をこころみたという記録が、英国の王室植物園や、原産地に近い南アフリカのステレンボッシュ大学付属植物園などにあって、専門学者が手がけたのだが、いずれも失敗に終っており、また、この種子によって実生苗の育生に成功したという記録も、他にない。ただ一つ、日本で、京都大学古曽部《こそべ》園芸場のシャボテン温室に、奇蹟的に実生苗が育って、実に二十数年、世界にも例のない生きた標本として保存されていたというのが、人工培養に成功したという世界唯一の記録だったが、残念なことに、昭和三十五年にこれも枯死してしまった。

その後、北米カリフォルニア大学の植物園に、世界的なシャボテン学者としてしられるハチソン博士の手元で、たった一本実生に成功しているという報告がなされたが、現在どうなっているかは不明である。

いったい、なぜこの折角珍奇な植物が、原産地で野生植物の採取輸送が不可能なのかというと、それはこの植物の植物体制が、それに適しないからで、その一つは、この植物が完全な多肉植物とはいいがたい点があるのと、もう一つ、次のような事情にあるようだ。

この植物の自生地は、もの凄いひどい乾燥地で、この植物は雨期に種子が発芽すると、地面がいささかでも湿っている間に、きわめて急速に、一本の根を垂直に地中にのばして、それを一〇米も深い地下の岩盤のところまで届かせ、そこの石灰岩のわれめから更に深くヒゲ根を入れて、その底にどんな乾燥期にも渇れずに保たれている地下水の湿りのところまで届かせて、それによって必要な水分を吸って生きている。

つまり、表面見たところは、あたりまえの沙漠、それも乾燥期には極度の乾燥に襲われる荒涼たる沙漠だが、その実この植物は、ちゃんと深いところにある地下水を、途方もなく長くのばした根によって吸収して、乾燥にたえて生きている。葉や茎は、もとより沙漠植物らしく、極端に蒸散を抑制する組織を発達させて、乾燥にたえるように仕組まれているが、それは、一般のシャボテンや多肉植物がその茎や葉に発達させた貯水組織とは、たいへんに異なるもので、根からの吸水をたたれても、地上部だけで長く生きて行けるというような体制にはなっていない。巨大に発達した塊茎は、いくぶんその貯蔵水分やエネルギーで、根が枯れたような場合それを再生する力を持っているらしいが、それはいたって微力で、長い乾燥期にも乾燥にたえて生きていけるというほどの完全な組織ではないらしい。雨期で地面が湿っている時に、何かの原因で根が枯れたような場合には、根の再生が行なわれて、何とかその植物の生命が維持されることがあるらしいが、乾燥期にこのような根の障害が行なわれると、もはやその根の再生はおぼつかない。そしてその植物は結局枯れてしまう。茎や葉の水分蒸散作用の抑制は、非常に完全に行なわれるので、根がダメになってもすぐに葉が枯れてしまうようなことはなく、驚くほど長く、地上部は生きて青々しているが、やがて段々衰弱して結局枯死することをまぬがれない。このようなことは、実生栽培の植物についてもいえる。

以上のような理由で、この植物の野生のものを、原産地で採取しても、輸送の法がないのと、第一、原産地でこれを採取するといっても、地下十米以上も深くのばした主根を、そのまま掘りとることは不可能だろうし、報告によると、この根は、実に電柱のように太く丈夫に、地中にもぐりこんでいるといわれる。シャボテンや多肉植物の場合は、その植物の生命は、大体において、地上の肥大した多肉質の部分にあって、根はその植物をその自生している位置に固定し、必要な時に、水分や肥分を吸収するという役目を果たしているにすぎない。従って、これらの植物は、自生地で採取されて、根なしの茎や葉だけになっても、いささかも生命に別条ない。『奇想天外』の場合は、そうはイカない。根を切られると、トタンに地上部は水分の補給をたたれるため、その生命が危機に瀕《ひん》するワケで、自生地で非常に古くなった大きな植物だと、その地上の塊茎も相当ボリュームがあるから、そこの蓄積エネルギーで根の再生も期待出来るが、元来、このような根の再生は、幼植物の場合はやや活潑《かっぱつ》に行なわれるが、古い植物では、この種の再生力もずっと弱くなるのが常なのである。とにかく、よほど周到な注意をして移植をこころみても、成功は不可能かまたは非常に困難と思われる。

次に、なぜ実生による栽培や標本づくりが困難か、という問題だが、この植物は、恐らくその自生地で、種子の採取も禁止またはきびしい制限を行なわれているはずで、ドイツ等の植物種子商の手を通して、われわれの手に入る種子は、あるいは何か特別な裏ロルートを経て、原産地で採取されて、ヨーロッパへもたらされるのではないかと思われる。

さて、この種子は、大きな紙状のハネを周囲にもった種皮のあまり丈夫でない大きな種子で、こわれ易い。ちょっと押しツブされると尾部が裂けて、発芽不能になる。そういうせいもあって、発芽率がわるいので有名な種子とされている。偶然二、三粒に一粒ぐらいのわりで、発芽することがないでもないが、まあ、もう少し発芽率はよくない。甚だしい場合、五粒に一粒、七粒に一粒、というようなこともある。また、発芽はするが、わずかに根を出しかけただけでダメになってしまう種子が非常に多い。この原因がちょっとまだわからない。成熟不完全な種子が採取されて来るという原因も考えられる。

この植物は、高温多湿な季節に成長する性質をもっているので、その点は、メセンなどとちがって、栽培し易い植物で、幸いに発芽して成長しはじめた苗は、かなり思いきった高温多湿な栽培をしても、さしつかえないし、その方が、明瞭《めいりょう》に元気よく成長する。しかし、根そのものは非常に最初薄弱で、ちょっと乾燥させすぎても枯死してしまう傾向がある。種子のまきかたその他は、大体一般シャボテンや多肉植物のソレと同じでよく、それ以外の方法を工夫してみても、別にウマくゆくワケでもない。しかし、発芽させてからの扱いは、この植物は一般のシャボテンでも多肉植物でもないから、乾燥にたえる力はもっていないと解しないと、ウマくいかないことを、発見するにちがいない。

この植物の実生が困難な理由は、いくつか考えられるが、一つはこの植物には、この植物だけを犯す病菌があって、採取されてとどく種子には、すでにその病菌が付着していると見られるのがあるから、タネまきにあたっては、きわめて完全な消毒操作を行なう必要があるが、種子がコワれ易いから、デリケートな注意を要すること。発芽して子葉をひろげる前に、もう根は鉢底に向ってまっすぐのびて、しばしば鉢孔から下へノビ出しているから、これをなるべく枯らさずに処理する方法を考えること、この植物の茎は、最初のうち非常に細くかよわいから、この部分が乾燥した普通の砂に触れている時強い光線のために、砂の表面が焼けたりすると、たちまち日焼けのためにこの繊弱な茎が枯死してしまうことなどである。だから、この部分に大理石の細粒（寒水砂）などを使用して日光を涼しく反射させてしまう必要があるが、鉢の表面全体を白い砂で覆うと、今度は鉢内の温度がさがるから、発育が落ちるオソレを生じる。まだこのほか、この植物には多くの秘密とナゾがあって、まだ決定的にこれを成功させる技術がわかっていない。

昭和二十六年頃だったと思うが、南アフリカから、天皇さんのお手元に、この植物の種子が少量届いたことがある。それを、皇居内の生物学ご研究所と当時皇室の管理にあった新宿御苑と、東大理学部付属小石川植物園と、私のところとで、多分七粒ずつ分けてまいたことがある。これはどこでも一粒ずつ発芽したが、その後すぐにみんなダメになってしまった。新宿御苑では、この種子の二粒だけを、植物学上の標本として保存の目的で、ガラス瓶に入れて保存してあったので、無理に私はそれをネダって、もう一粒もらい受けて、大事にまいてみた。これは残念ながら遂に発芽を見なかった。

それ以来私は、この植物の実生研究にとりかかり、年々苦心して種子を入手しては播《ま》いて、失敗を重ね、やっと昭和二十八年に、数本の実生苗をつくることに成功した。現在数十本のこの植物の若木を育てているが、実は今だに、この植物を確実に長く持ちこたえて立派な標本に育てあげられるという確信はない。面白いのは、この植物は子葉がのびきって本葉が出て、やがてその本葉が幅½糎、長さ一〇糎にもなると、絶えずこの対生する二枚の葉を、まっすぐ高く立ててみたり、ぜんぶ左側に臥《ね》せてみたり、右側に重なって倒れてみたりして、色々運動しながら育つという独特な性質を示して来ることで、まるで自分で体操をしながら育ってゆく感じであることである。こういう不思議な植物も他にちょっと類がない。中には、体操をしないで、だいたいジッとして育ってゆくのもあるが、体操をする植物の方が多い。成長はわりに早くて、大体今のところ、満一年で、葉の長さは一〇糎から一五糎に達し、満三年もすると、幅二糎長さ四〇糎にも達する。厚い皮革質のベルト状の葉が、色々と翻転しながら左右にのび、濃く白粉をこうむってけがれのない淡い空色を呈して輝いているさまは、この植物にしか見られない独特の美しさである。計画的には世界で誰にも育てられないといわれる、そしてどこにも標本が見られないという、この世界最珍奇な植物が数十本育っている温室に、私はこの頃、ウェルウィッチア・ハウス Welwischia House という標識の板を打ちつけて、少々子供らしく得々としているワケである。

（一九六二年 六一歳）

焼夷弾を浴びたシャボテン

シャボテンの球体には、大体九五%内外の水分が含まれているといわれる。いってみれば、水をみたした氷嚢《ひょうのう》みたいなもので、雨期に根から水を吸って、じゅうぶん膨《ふく》れた時と、乾燥期に長い間吸水をとめて、乾燥休眠して萎縮《いしゅく》している時とでは、球体に含まれている水の量にも、一〇%以上の差があると思われるが、それにしても、やはり、水をみたした氷嚢のようなものであることに、ちがいない。もし、温室やフレームが火事で燃えて、万一シャボテンが鉢植えのまま、その中で火に焼かれるというようなウキ目に遭うとしたら、水をみたした氷嚢のようなシャボテンは、いったいどういうことになるだろうか、このことについて、珍しい経験をしたので、その話をしてみよう。

太平洋戦争の末期、昭和二十年の三月と五月の大空襲で、東京の大部分は、灰塵《かいじん》に帰した。

私のすむ神奈川県大和市は、東京のちょうど西南部にあたるので、いわゆるラジオの東部軍情報が、敵のＢ29の日本来襲について警報を出す時、関東西南部から侵入と発表すると、必らずきまって、頭の真上を横切って通過する習慣になっていた。敵機の編隊は、伊豆七島づたいにまず富士山をめがけて来て、そこで東へ進路をかえて、丹沢山塊を越えて、頭の真上に迫って来る。

大和市付近は、東部軍防衛陣地の一つで、ぐるりにアツギ海軍航空隊、相模航空隊、座間《ざま》の陸軍士官学校、中野電信隊の後身である八十八通信部隊、その規模において日本一を誇称した高座《こうざ》工廠《こうしや》（海軍航空廠）これも日本一を称した陸軍第三病院、わずか離れて、小石川砲兵工廠の後身である淵辺《ふちのべ》陸軍工廠などといった、大規模な軍事施設があって、当時軍都と呼ばれていたぐらいで、航空防備の施設も、相当はじめの頃は整備されていた。夜、航空照射燈がいっせいにつけられると、まるで巨大な金の鳥籠の中にでもいるような錯覚《さっかく》におちいることがあった。また、座間の士官学校の防空陣地には、航空射撃の非常な名手が配置されているというような噂も伝わって来た。ある夜、夜間東京空襲のＢ29の大編隊の一機か二機が、いきなり焼夷弾を頭の上からバラまいたことがあった。見る限りいわゆる相模の曠野《あれの》で、今いったような色んな軍事施設があったにしても、結局ただ一面に、山林や畑地の続きだから、警戒警報や空襲警報が発令されて、燈火管制がしかれると、ただもう太古の暗い相模野にかえってしまう。その真ん中の、わずか三十戸たらずの小部落めがけて、焼夷弾攻撃をしかけるなどということは、想像も出来ないことだから、何かこれには、攻撃するがわの誤算があったのではないかと思われるが、一説には、右の航空射撃の名手によって撃たれた敵機が、のせて来た焼夷弾をぜんぶバラまいて遁《に》げたのだ、というような噂も伝わった。とにかく、しかしこの集中焼夷弾攻撃には抗すべくもなく、ひとたまりもなくこの小部落は、火の海となってまたたくまに焼け落ちてしまった。

私は町会長兼・国民義勇軍隊長・兼家庭防空群々長というような有難くない色んな『長』を仰せつかっていたので、国防服に鉄兜《てつかぶと》というりりしいいでたちで、この火事のさなかに駆けつけたのだが、電波妨害のために敵機が空にバラまいたアルミニューム箔《はく》のリボンが、無数にかたまって暗闇の空から斜めに降って来て、下界の火事の反映でキラキラ光って流れている下で、ただ焼けるにまかせている小さな隣り部落のこの惨劇を、茫然《ぼうぜん》と立ってみているほかなかった。この部落は私の住む中央林間都市地域から、ちょうど南西にあたり、せいぜい半キロをへだてる距離だったので、もしこの焼夷弾をバラまいたB29の爆撃手が、その時クシャミか何か一つして、ハンドルを引くのを一秒遅らせたら、モロにこの恐るべき焼夷弾の集中落下を、私どもの中央林間聚落《しゅうらく》が頭から浴びたにちがいないので、実に人間の運命というものは、きわどいところで、幸不幸の岐路に立つものだと、慄然《りつぜん》としたものだ。

結局、球体の中に九五%の水分を含むというシャボテンが、焼夷弾を浴びて焼けたら、どういうことになるかということを、私は私のシャボテンで経験しないですんだワケで、これはひとえに、幸運の神のおナサケによるというよりも、そのB29の爆撃手が、その時クシャミを一つしないでくれたお陰だと、感謝しなければならない次第だ。閑話休題。

廃滅の東京でシャボテンをあさる

その年のたしか二月はじめの、ある日のことだ。私は国防服にまき脚絆《きゃはん》をつけて、背中に鉄兜というような恰好で、東京へ出かけて、南千住の先の大師道《だいしみち》に近い鶴仙園《かくせんえん》を訪ねて、シャボテンあさりをやったことがある。

戦争はもはや、絶望的な段階に達して、すべて世の中が末期的様相を呈しているのが、眼にふれ耳にきくあらゆるものから感じとれる時代で、こういうりりしい戦時スタイルで街をあるいても、もはや大東京は、一種廃滅した街にすぎなかった。幅広い南千住の大通りにも、ほとんど自動車やトラックの行き交う姿もないし、電車通りもいたずらにレールが埃《ほこり》を浴びて白けて錆《さ》びて、めったに一台の電車も通らない。第一、この白昼に、ほとんど人通りさえないのだ。

両側の店という店は、ガラス戸や雨戸をしめ、ガラス戸には思い思いの模様に紙テープをはって、いつ何どき空から見舞われるかもしれない爆撃で、ガラスのわれるのを防ぐ手あてをして、中はひっそりしている。何しろ、どこの店にも、何も売るものがないのだ。生活のために必要な最低線を維持する諸物資は、配給制度になって、町内会や隣り組から切符で渡されて、町内のきまった配給所で、きまった日に切符と引きかえに渡される。手拭い一本シャボン一個も、自由には買えない。若い男たちは兵隊にとられるか徴用で、工場へ引っぱられて、街には年寄りか女子供しかいない。街通りを歩いても、ほとんどモノ音一つせず森閑と白けわたって、ただもう落漠と、カラ風だけが吹きぬけているだけというワビしさだ。たぶん、工場も、物資の不足から、まともに機械を動かしていないのだろうし、戦争は本土決戦をうたっているのに、空飛ぶ飛行機一つない。

鶴仙園はもともと、この近くで指折られる老舗の大きな紙問屋で、ケヤキ造りの豪壮な二階建ての店の横に、大きな柵門《さくもん》があり、そこから横庭を通りぬけると、大都市の下町らしいせせこましい一郭に、温室が四棟ほど、ひしめきあってならんでいる。昭和初年のシャボテン流行の波にのって、主人公の鶴岡銀之助君が、アマチュアから深入りしてシャボテン専門業者となって、主として輸入シャボテンを扱っていた。その鶴岡君は、兵隊にとられてどこか南方へ行ったままずっと消息不明だというので、留守をしている奥さんが心痛していられた。店は、紙の方の商売は統制されてしまい、町内会の配給所となって、平素はほとんど表を閉めてひっそりとしずまっていた。

私はその頃も、少なくも月に一回は、シャボテンあさりに、はるばる東京の北のはしの鶴仙園へ、神奈川県の湘南海岸に近い林間都市のすまいから出かけて行ってたずねたが、主人公のいない鶴仙園では、シャボテンのことがわかる人はひとりもいないので、そのたんびに、近所の寺の住職をしている蓮波一美君を呼んで来ては、私の相手をしてもらっていた。蓮波君は、戦争でシャボテン界が今のように廃滅してしまわない前、昭和初期のシャボテン流行期に、仲間と東京カクタス・クラブをつくってその幹部をしていた人で、規模こそ大きくないが、えりすぐった最高のコレクションをもって、丹精こめた栽培をしているので有名なシャボテン愛好家だった。

この蓮波君が、私が鶴仙園へシャボテンを買いにゆくと、必ず呼ばれて自転車でかけつけて来て、私のシャボテンあさりの相手をしてくれた。

太平洋戦争がいよいよ大詰めの、日本の歴史はじまって以来敗戦という一大悲劇に直面する前の、その中で、シャボテンあさりにウキ身をやつすなどという人間が、ほかにあるはずもない。鶴仙園の横庭の奥にひしめきあってならんでいる大小四棟の温室も、もうだいぶ古びてガタガタになって、一度台風でも来ればモロくも倒れてしまいそうな中に、それでいて、栽培棚も隙間もなく埋めて、ギッシリとシャボテンがならんでいる。ほとんどが輸入球で、向こうの方には、直径一五糎高さ四〇糎からの白鸞鳳玉《はくらんぼうぎょく》の大群が、こちらには新緑玉の大群が、また別のところには、鶴巣丸《つるすまる》の巨大球の一群が、という風に、見事な原産地輸入球が、ほとんど平素管理するものもなく、まともに水ももらえないと見えて、カラカラに干《ひ》からびて埃をかぶり、それだけにまた、痛んだあとも見えないで、見る限りならんでいる。その栽培棚の間を、あっちへ行きこっちへ行きして、ほしいシャボテンを選び出しながら、私は蓮波君と、戦争の現実などは遥か遠いかなたにおいて、ゆっくりとしずかに落ちついて、シャボテン話にふけったものだ。夕方が迫って、日光がななめに射し込むワビしい無人の温室の中で、廃滅に瀕したおびただしい植物群にとりまかれながら、そうしていると、大東京そのものがまるで、どこかの遠い沙漠のように、何のもの音も立てず、まるでここは世の中から隔離された別天地のおもむきがあったものだ。

いったい、こういう場合にあって、世の中の誰もが顧《かえり》みるものもないシャボテンなどというものに、どういう市価が適用されるべきか、考えるとよほどヘンなものだが、私は自分の選び出した植物について、蓮波君と相談して、ちゃんとした価格をわり出しては、蓮波君が鶴岡君の奥さんから渡された古い鶴仙園の仕切り書に書きこんで、計算したもので、私たちはいわず語らずに、兵隊にとられて遠く南方へ行ったまま、長く消息不明で奥さんや家族が心痛しているという、当の不在主の鶴岡君に、義理立てしているというような心理でいた。

蓮波君は、その頃鶴仙園との間に、一種のとりきめがあって、シャボテン買いの客があった場合には、その相手をするかわりに、恐らく、その時の売上げの何割かを、一種の手あてのようなものとしてもらって、それも、金額だけの植物を現物で受取るというような仕組みにでもなっていたらしく、私の植物選びの相手をして、一応その値段をきめて総締めをすると、その次には、自分で自分の好きなものを選んで、その分の値段は、一々私と相談してきめて、あとで奥さんに報告していた様子だ。

要するに、蓮波君もまた、この世の末期的絶望感の中で、なお私同様、この道楽に見切りをつけたりあきらめたりしないで、シャボテン集めをやっていたのだ。

その時の二、三回前に、鶴仙園を訪ねて、蓮波君に会った時に、私は一番小さな多肉植物温室の棚で、闘牛角の古株を一つ見つけて、それを買おうとしたことがあった。直径五、六㌢高さ四〇㌢ぐらいに柱状にのびた闘牛角で、頂部の方に青々と枝と葉を出して、元気に育っている植物だった。ところが、蓮波君は、実はこの植物はもう先約の買い手がきまっているので、お売りするワケにいかない、しかし、自分の仲間で、小さな繁殖苗をもっているのがいるから、それでよかったら、自分が話をしてゆずらせることにしようとのことだった。この廃滅した温室を訪ねてシャボテンあさりをしているのは、蓮波君と私とばかりでないことを知って、大いに意を強くしたのだったが、その時の蓮波君の話では、東京カクタス・クラブの一部の同志が、今でも時々会合をひらいて、シャボテン話をしているということだった。

さて、シャボテンあさりがすんだあとで、私は蓮波君にさそわれて、近くのお寺の庫裏《くり》の蓮波君の住まいを訪ねて、そのコレクションを見せてもらうことになった。さっき私は蓮波君はその寺の住職をしていると書いたが、あるいはそれは私の記憶ちがいで、その寺の住職は彼の兄さんか何かがしていて、彼は小学校の先生のような仕事をしていたのではなかったかと思う。

お寺は埃っぽい表通りにそった非常に古めかしい、由緒ありげな寺で、古い瓦屋根が小山のように鬱然《うつぜん》とそびえた大伽藍だった。ただ、いったい建てられてから何百年たつのか、この巨大な屋根の重圧の下で、古びて煤《すす》けてひび割れた建物の柱や羽目板のたぐいが、ヘンな方に傾いて、どこか一方へよりかかるようになったり、屋根そのものも、ところどころ大きく波打って凸凹したりして、一とゆすり地震でも来たら、ひとたまりもなくそのまま崩壊してしまいそうな危なっかしさを感じさせる古寺だった。

しかし一歩低い境内にはいると、庭や敷石は整然として、塵《ちり》一つ散らばっていず、いかにも奥ゆかしく手がゆきとどいている。敷石がならんでいる本堂の正面の道を横切って、その向うへ行くと、急に日が翳《かげ》って湿っぽくなったようなところに、ひっそりと小さく庫裏のような建物があって、そこが蓮波君の住まいになっていた。その辺から三つ四つ白くペンキの塗られたフレームがならび、その更に奥に、コンクリートの石垣塀があって、それを背にして、小さな温室が、さっぱりとペンキの白さを目立たせていた。たぶん、一間と二間ぐらいの小温室で、その中を仕切って、通風のいい多肉室と、その奥の、幾分広いシャボテン室にわかれていた。

私はこの小温室の中に案内されてはいって、そこの棚にならべられている植物群をみて、はじめて、この戦争末期の絶望と廃滅の中で、なおかつ彼が情熱を失なわないでシャボテンに執着している気持が、はっきりと理解出来るような気がした。そこに集められ、丹精こめて栽培されている一鉢々々の植物は、その前にもそのあとにも私が見たこともないようなものばかりなのだ。メセン類では、リトープスやコノヒータムの見事に大きい株立ち揃いの間に、デインテランタスやオフタルモフィラム、その他の珍奇メセンの大株などがギッシリならび、蔓亀草《つるかめそう》のれいの奇異な亀甲形にわれた大きな塊根からは、水々しく葉をつけてツルがのびているし、タマネギのような皮を厚くかぶった大蒼角殿《だいそうかくでん》が、大きい二頭立ての球根の上に、あおあおと葉を茂らせている。一方では、光堂が直径一〇チセン高さ七〇チセンもある太い茎に一面にトゲを生やし、頂部にあの波打ったビロードのような葉をひろげて、元気よく育っている。

シャボテン室へはいると、黄白色の美しい斑を地図のようにくっきりとちりばめた斑入り兜が二株、拭ききよめたような肌をしてならんでいるし、その隣りには、私がはじめて見る鳥羽玉変種が、褐色の濃い羊毛束を二チセンもツノのように、整然と刺座から放射させた怪異な姿をして、人眼をひいている。正面の棚には、巨大な玉翁殿《ぎょくおうでん》が直径一〇チセンほどの同じ大きさに育った

六、七頭立ての清浄な球体から、ボウッと霧を噴いたように長い純白の毛髪をのばして二鉢、また別な棚には、玉扇の大きな株をたくさん寄せ植えした大鉢が、一株々々がその極限の大きさにまで育って生き生きと茂っている。

とにかく、その種類の選択の珍しさといい、栽培の見事さといい、ただ息をつめて茫然としばし見とれていたのを覚えている。その頃蓮波君は、フレームをまたふやして、多稜玉類の標本をつくるのだといって、球体の下部が老化して円筒状になった色んな多稜玉属の原産地球を、鶴仙園から持って来ては、その老化部の古いトゲをみんなはがし取って、そこを裸にして、こうやるとなかなか面白い格好になりますヨ、などといっていた。

温室見学のあとで、私は彼のすまいへつれられて行って、大きなガラス箱にはいった人形などがおいてある座敷で、焼き餅のごちそうになった。いかにもしっとりと、塵一つなくきよめられたささやかな座敷で、しずかにシャボテン話をしていると、いったいこの戦争の世界などは、どこへ行ってしまったのかと思われるようだった。

これが、彼のすばらしいコレクションを見た最初だったが、同時にそれが最後になろうとは、その時私は考えていなかった。

焼け跡をとむらう

さて、三月と五月のB29の大空襲で、東京のほぼ全市域が、灰塵に帰したことは、前にのべた通りだ。その、五月の空襲があってから、たしかしばらくしてのことだ。私はいよいよもう戦争も断末魔に近づいたこの際、廃滅となった東京を一と廻りして、通いなれ見なれたシャボテン名所のかずかずが、どういうことになっているか、この眼で見ておこうと考えた。三月十日の夜、相模高原の東の地平線のかなたが、ネロに焼かれたローマ(1)のように、えんえんと赤く大きく焼けただれているのを望見しながら、この地獄の劫火《ごうか》の中で滅びてゆく東京の街街や、その中でもがき苦しむ人々を思いやるよりも、この火の中に永久に失われてゆく、――そして、一度失われたら、ふたたびまた見ることが出来ないにちがいない蓮波君の、あの愛執の植物たちの運命を思いやったり、鶴仙園のたくさんの貴重な植物群や、代田橋《だいたばし》近く昔かよいなれた篠崎雄斎翁の、紅雨園の植物の末路などを思いいたむ心の方が強かったものだ。――

れいの国防服に巻き脚絆、背にしょった鉄兜、梅干し入りのにぎりめしをおさめたズックの肩掛け袋、水をいっぱい入れた水筒、そんな用意をして、見る限り焼け崩れた建物の壁や、赤くさびた焼けトタンとまばらに立つ枯れ木のほか、視界をさえぎるもののなくなった大東京の北郊の焼け跡に立って、建物のある時とない時の地理的観念のちがうのにマゴついた。遠いと思っていたところが、意外に近いのだ。

大師前通りの電車道が大きくカーヴしているあたりから、いよいよ道順があいまいになった。やっと、ここらと覚しい鶴仙園の焼け跡の辺に立ってみると、れいのケヤキ造りの二階建の母屋も跡方ないし、横手の柵門も影も形もない。きれいさっぱりと焼け落ちた温室の位置のところが、ただもう焼け燻《くす》ぶった大小無数の鉢の残骸の山で、その残骸の上に、ところてんか何かをブチまけたように、融《と》けたガラスのつららが、一面に流れてかたまっている。

その一隅に、大きな瀬戸焼きの鉢が二つならんでいて、いくばくかの灰が、そこに植わっていた植物が焼けた名残りをとどめているのに気がついた。大きな金鯱が二株ここで鉢のまま焼けたのだ。

この金鯱は、直径五〇チセンちかい見事に大きなもので、とりわけそのうち少し大きい方が形もととのっているし、トゲも素晴しくよく出ていて、黄金色まぶしいばかりに、温室の一隅に異彩を放っていた。私は蓮波君と話し合って、いずれこの見事な標本も、ここにおいておく限り、焼夷弾や爆弾攻撃のそば杖をくって、東京の街々といっしょに焼け失せてしまうのを避けられないから、今のうちに何とか方法を講じて、ここから運び出し、私の住む地方のような安全地帯に移しておきたい。むろんこの大きな重いトゲだらけの植物を、当時の徹底した包装物資不足と輸送難の中で、どうしてここから運び出すかということには、いささか自信がないが、それでも、もしこの植物が私にゆずられて、その運命を私の手にゆだねられることになったら、何とかしてこの困難な問題を解決して、これをここから運び出したい。

その頃、いよいよ東京を空の攻撃からまもることの困難さを自覚した市は、非戦闘員の地方疎開でゴッタかえしており、総桐の簞笥一と棹《さお》五円、ピアノ一台三十円、というような伝説のような値段で、投げ売りされていた。運搬の法がまったくないからだ。その中に、こんなシャボテンなどという不必要なものの搬出のために、いったいどういう手が打てるというのだろう。

それでも私は、蓮波君と相談して、この大きな金鯱を適当な価格でゆずってもらうことの交渉を、再三進めてもらってみた。しかし、この大きな方の金鯱は、実はすでに福島の方のあるおとくいさんのシャボテン愛好家に、売り渡す約束をしてしまってあって、手金もすでにいただいてある。そのかたは、お医者さんだが、これも兵員にとられて、その後、満州かどこかへ向かったまま、消息をたっている。しかし、その約束を破って、他にこれをゆずるというのも心苦しい、そういう義理堅い鶴岡夫人の意見で、とうとう私は、この金鯱を手に入れるのを断念するほかなかった。(もう一本の方は、胴がくびれてダルマさんの形に育っている不整形の植物だった)

その大金鯱が、いまは、それが植わっていた大きな瀬戸焼き鉢の上に、わずか幾握りかの灰になっていた。トゲの痕跡もなければ、球体の名残りもない。何でもない少しばかりのはかないただの灰にすぎない。実に、九五%が水からなりたっているというシャボテンも、焼夷弾を頭からあびて猛烈な火で焼かれると、こういう結果になるということを私は経験した。

それにしても、鶴岡君の留守をまもる家族の人たちは、いったいどうしたろうか。無事にあの火の中をのがれて、どこかへ移っているだろうか、それが何よりも私は気になった。焼け跡はただ焼け崩れたままほったらかしにされて、あと片付けの手をつけたような形跡もない。しかし、ここの家族の安否をたずねようとしても、あたり界隈は見る限り、ただ焼け崩れた石垣や壁や、まっかなさびトタンの堆積で、人影もない。どこかに誰かバラックでもたてて、焼け残りの始末をしている人はいないかと、そこらをしばらくさがし廻ったら、真っ黒に焼け焦げて立ちならんでいるケヤキ並木の下に、防空壕《ぼうくうごう》を焼けトタンで補修して、その中に小さくなって住んでいる一家を見つけた。折からそこに顔を出した主人公らしい年配の人に、鶴岡君一家の消息をきいてみた。しかし、家が建ちならんでいた頃は、相当の距離があったらしいこの一家は、鶴仙園とは何の関係もないらしく、さっぱり要領を得ない。せいぜいつかみ得た消息としては、この辺では火で焼け死んだ人がいるというような話もきかないから、恐らく無事で、どこかへ引き移っているのだろうというような、それでも多少は気休めになる報告だけだった。

私はソコから歩をめぐらして、これも気になっている蓮波君の消息をさぐろうと、れいのお寺のありかを目じるしにして、そちらと覚しい方向に足を向けた。寺の位置はすぐにわかったが、これも無惨に焼け崩れ、れいの小山のような大きな古い瓦屋根が、いまはうず高い瓦の堆積をかぶせて、ただあさましく散乱しているだけだった。本堂の前の、あの塵一つとどめず掃ききよめられていた敷石の列が、そのまま今はただ思い出としてだけ、その位置に残り、蓮波君が住まいにしていたあの庫裏らしい建物も、今はあとかたもなく、灰をかぶった土台石だけのワビしい姿をさらしていた。

れいの温室は、と見れば、石垣塀が火にくすぶった痕を見せて、ソコに残っているだけで、これまた何の跡方もない。ただ、何か荒れ地のように砂が踏み乱されたところに、鉢の残骸が少しばかり散らばっているだけで、いまでも眼の底にあざやかに印象を残しているあの素晴しい植物たちは、遂に永遠にこの空間から失なわれてしまっていた。

私はただ茫然と、この現実の前に立っていた。水道栓がすぐそばに立っていて、こわれたカランから、チョボチョボと水をしたたらせているのに気がついた。そういえば、あの時蓮波君が、この水道の水を小さな如露《じょうろ》に受けて、何か鉢の乾いた植物に、愛情深く水をそそいでいたっけ。——

その水道だけが、今や昔のままここにたたずむようにヒッソリと立って、水をしたたらせているのだ。

私は肩からズックの袋をおろし、中から用意の握り飯を出して、温室の焼け跡の土台石に腰をおろして、一人で握り飯を喰べ、水道栓に口をつけて水をのんだ。あたりは静かだった。焼け崩れた寺のすぐわきを通る大通りも、埃が白く乾いて、人通りもなく、ただひっそりとしていた。みる限り、壊滅した東京の焼け跡が、ひろびろとした空の下に、見はるかすかなたまでひろがって、その先に秩父の山々が遠く霞んでいた。まさに国破れて山河ありのおもむきそのままだった。

その後、ずっとあとになって、私は東京カクタス・クラブの会員の誰だったかから、蓮波君のその後の消息をきいた。それによると、蓮波君は寺が焼ける前に、東京郊外の某地に疎開し、その時、植物もいっしょに持って行った。だから、植物は戦災で焼けることは無事にまぬがれたが、その後どういう事情からか、手あてもされず放任されていたことによって、失なわれてしまったという。こまかい事情や、理由は私にはわからない。しかし、こういうのも、ちがった形での戦争の惨禍の一つであることは疑いをいれない。その後、蓮波君は健在でいられるという話だが、シャボテンからは、これをきっかけにすっかり離れてしまったという話だ。しかし、この蓮波君の気持ちは、私にはよくわかる気がする。

横浜壊滅

横浜市が、白昼来襲した百機近い爆撃機の、集中焼夷弾攻撃で、一挙に壊滅してしまったのも、その年の五月だ。この驚くべき爆撃機の大群も、関東西南部から侵入して、私の住む大和市の頭の真上を、空を覆うようにして通りすぎた。

横浜上空と覚しい位置までゆくと、一機々々から微細なゴマ粒をまき散らすように、焼夷弾をおとし、それが薄鼠色に空間を濁してサーッと落ちて、途中で時々爆弾と爆弾がぶつかり合ってパッとはぜたりしながら、地平線まで届いて隠れる。と、そこからもまもなく、ムクムクと鉛色や黒の煙の塊りが立ちのぼり、それがあとからあとから盛りあがって、やがて、無気味に巨大な夕立雲のようになって、東の空全体を大きく暗澹《あんたん》と夜のように覆うてしまった。

かくして、横浜全市は、一時間たらず続いた焼夷爆弾の絨毯《じゅうたん》爆撃で、灰塵に帰してしまった。横浜中区西の谷町の伊藤園芸場、池野猶吉君の、由緒ある古い大きなシャボテン園が、ほとんど一家全滅の悲運に遭われたのも、この時のことだ。

伊藤君は養子さんで、たしか愛知の方に実家があって、そこへ二人のお子さんを、疎開させていて、この難にあい、養父母と奥さんと手元にいた小さなお子さんを、一挙にこの時なくされ、自分もお子さんをおぶって火の中を遁げまどいながら、火傷《やけど》を負い、お子さんの方はなくなった。母家と温室の過半を焼かれ、植物栽培場をすっかり荒らされた上、敗戦のゴタゴタで世間は園芸どころの騒ぎではないから、商売の見通しもまったくつかない。養父母につかえて孝心の深い円満な家庭で、経済的にも十分恵まれていた一家が、ほとんど一挙に壊滅同様になって、暗澹たる絶望の底にたたきこまれてしまったワケだ。人間が、一生の間にこういうお先まっくらな境涯におちこむというような目にあうというのは、めったにないことだ。

この年の八月十五日に、日本は敗戦を認めて、いわゆる無条件降服をして、とにかく戦争は終わった。この無条件降服というのは、用語上の誤解で、軍隊を無条件に解体することで、国家と国民が生きてゆく前途のことは、比較的明るく示されていたのだから、これはちゃんとした条件つき降服だったワケで、こういう大戦争のあとに、こういう不思議な降服が行なわれたということも、歴史上に類がないことだ。カルタゴの敗戦などは、国民がみな殺しに会っている。

さて、戦争前から戦争中、そして戦争末期からこの敗戦に到るまでの期間に、私は藤沢の紅波園《こうはえん》、東京代田橋の紅雨園、下目黒の万清（山田時次郎氏）南千住の鶴仙園、南品川の景松園（松沢進之助氏）横浜の伊藤園芸場、京楽園、といったシャボテン園を、少なくも年に一度ないし数度は、必ずたずねて、植物を集めたり、共にシャボテンを語ったり、多少まァ、士気を鼓舞したいというような気分もあって、一人でめぐりあるいていた。これは、終戦の年に、東京横浜が焼土と化してからも、続けられ、この急激な世の変遷の中で、こういう特別な商売がどのように移りかわってゆくかを、この眼で見て確かめ、私として考えられる将来の見通しについて、語って歩いた。紅雨園の篠崎雄斎氏は、私がシャボテン道楽を覚えた最初の先生だが、紅雨園はあとかたもなく焼け失せてしまい、主人公の篠崎氏は郷里の九州へ戦争中に帰ったまま、かの地でなくなられた。代田橋のもとの邸跡にささやかなバラックずまいをしていられる遺族を見舞って、焼け跡に残った鉢の処理について、相談にのってあげたりしたものだ。

目黒の万清も焼けた。ただ一つ焼け残った多肉植物の小温室に、トタン屋根をかぶせて、その中に主人公の山田時次郎氏は、終戦の混乱の中で集団発生した伝染病でたおれ、病後をやしなっていられた。焼ける前にそこから持って来た新月の株が、今では唯一の生き残りの植物で、今も私のフレームの中で元気に繁茂している。山田氏はその後シャボテンをやめて、花菖蒲の方に専念していられる。「シャボテンなんか儲《もう》かりませんヨ、花菖蒲の方がずっと商売になります。」などと、案外元気な気焔《きえん》をあげたりしていられたが、人一倍負けずぎらいの、往年のシャボテン作りの名人が、こういう捨てぜりふをいう心理が、私にはよくわかった。

蓮波君がシャボテンから離れてしまった気持も、やはりこれと同じなのだ。人間にはそういう悲しい自我がある。

紅波園のあとしまつ

藤沢の紅波園渡辺栄次君は、いよいよ日本の敗戦が色濃くなり、大本営の作戦が、アメリカ軍の上陸を迎えて最後に本土決戦をするという肚《はら》を固めて、その上陸地点の予想地として、相模湾を想定して、その準備にとりかかると、上陸地点の中心となりそうな藤沢に、これ以上商売の本拠をおくことの無意味を見てとったらしく、もともとの出身地であり、その頃迎えたばかりの二度目の奥さんの郷里である愛知県の方に、疎開を思い立った。藤沢には快適な住まいを建て、栽培場もよく整備して、相当商売としてののれんも出来たのに、これをそっくり売り渡して、愛知の方へ移ろうと決心したのは、やはりよくよくの思いだったにちがいない。もっとも、一つは戦争中に彼は、最愛の、そして仕事の上でも片腕以上にたよりにしていた奥さんをなくした。渡辺君の永いシャボテン歴は終始、この片腕になる奥さんを除外しては語れないほどの存在だったのを、恐らく、医療事情なども最悪に近い状態の折に、病死させたのだから、彼の傷心はひとしおだったにちがいない。見るものすべてその思い出ばかりのところに、その後も永く住む気持になれなかったのかもしれない。元来、名古屋出身でいわゆる名古屋商人流の万事抜けめない老練な商才をひそめていたが、ただそれだけではなく、彼の述懐によると、その昔文学青年で、谷崎潤一郎の玄関番をしていたことがあるというのだが、その真疑はともかくとして、人生に一種の感傷を抱いていて、それは年とってからも失せなかったようだ。それだけに、彼の心情のせつなさも思いやられる。緋牡丹錦《ひぼたんにしき》という、ギムノの牡丹玉の紅緑斑入りをつくったのを、生涯の自慢にしていた。

さて、いよいよ十年来地盤を築いて来た藤沢の栽培場を引きあげるについて、私は相談を受けた。居抜きのまま家を売ってゆくのだが、そのあとを買った人は、シャボテンのことは皆目素人で、関心も薄い。平素愛培していて手放すのにしのびない若干の植物を選んで持ってゆくが、あとの植物は栽培設備ごとそのまま置いてゆくから、適当に処理ないし整理してほしい。今となっては、フレームや植物は惜しくないが、ガラスは今なかなか貴重なものだから、これだけを金にかえてもらえばいいということだった。最後の本土決戦説で、いよいよ戦争は断末魔的様相を呈し、物情騒然たる時で、シャボテンなどというものを口にするものはまずどこにもいない。日曜日に一人ぐらい、思い出したように近所の学生などが、シャボテンを売ってくれと訪ねて来るようなことがあったそうだが、とにかく、まったく商売にはならないから、生活のためにも何かほかの仕事をしなければならない。その頃彼は、刀剣などを主にして骨董《こっとう》類を扱っていたらしいが、れいの商才で、結構やっていけたのではないかと思う。シャボテンの方も、決してすててしまったのではない。この際にあっても、なお、好きなものは手放さずに栽培し、ほしいものは集めようとしていた。奥さんの没後、二度目に迎えた新しい奥さんをつれて、私のところを訪ねて、私のフレームにならんでいる七寸鉢八十鉢近い実生苗の中から、強刺属やメロカクタスやその他、珍しい実生苗を十数株も勝手に選び出して、それを売ってくれと相談をもちかけたりした。今は原産地でもほとんど滅死してしまったといわれる貴重なオルクット玉とか、刈穂玉《かりほぎょく》や神仙玉、その他十数種に及ぶメロカクタスなどの二、三年苗を、彼は片っぱしから選び出していたが、この世情下の中でなおシャボテンを買い集めようとしている熱意と、シャボテンに対するかわらない執心には打たれた。専門のシャボテン屋さんにシャボテンを売った経験がないし、今のような際に、たとえたいへん珍しい種類にせよ、いったいどういう値段をつけていいか見当がつかないから、一応彼にまかせて値段をつけさせたら、その安いのにも驚いた。あっさりと、そのつけ値の倍でなら売ってもよろしいといったら、彼の方もあっさりと、結構です、というぐあいで、どうもこの辺のところの商売の呼吸は、ちょっと私など素人にはわからない。あの時彼が持っていった七十本からの貴重なオルクット玉などは、無事に成長していたらもう立派な開花球で、直径一〇センチぐらいになっていたろうと思うが、ソレがその後どうなったかは、きいていない。

渡辺君が藤沢を引上げていったあと、私は平素から可愛がっていた出入りの植木職人の橋本というのと、彼の飼っている長太郎という名の黒い仔牛に車をひかれて、かれこれ一五キロ近い距離を歩いて、藤沢へ出かけた。そして、今は一面識もない他人がすんでいるなつかしい渡辺君の住まいの、土手の下に、最近あまり手も入れられずうっちゃらかされているフレームの、二間もの十本ほどの整理にかかり、夕方近くまでかかって、橋本を相手に大体片付けが終わった。このままダメにしてしまうのは惜しいような植物は、一応荷造りして牛車《ぎっしゃ》に積み、ほとんど使用にたえないほど古く朽ちてボロボロになったフレームの枠板のうち、使えそうなのは解体して運んで来ることにした。ガラス戸はガラス戸でまとめて、丁寧に扱って牛車の適当な位置に積み、縄でカラげて割れないようにした。その頃ガラスは貴重品で、一尺三寸四分×一尺五寸角（フレームの窓一枚に六枚はいる大きさ）のナミ板が、大体闇値で二円の相場だった。現在の貨幣価値にして、かれこれ一枚八百円ぐらいにつく見当だ。しかも、金だけではちょっと手に入れがたい場合が多く、私は自分で耕作してつくって持っている小麦粉と、物々交換して、何とか必要量を手に入れていた。渡辺君の希望で、私はそのガラスをその時の相場で全部引き受けた。フレームや温室は、その中に栽培してある植物よりも、ガラスの方が貴重で高価だった時代で、恐らく日本じゅうの大部分のシャボテン愛好家が、シャボテンを手放してなくしてしまったのは、この時だろうと考える。何しろ、シャボテンなどを顧みる者は一人もないが、ガラスはどこででも引っぱりダコだったのだ。

朝早く、牛車を曳《ひ》いて家を出て、藤沢へ向かう途中のことだった。いわゆる藤沢街道(2)とよばれるこの埃道は、途中で厚木航空隊の滑走路沿いになるので、ほとんど四キロほどの間、飛行場近い低い松の疎林や畑の中を通ることになっている。ほとんど毎日か一日おきに、敵の小型機が来襲して、いつ警戒警報か空襲警報のサイレンが鳴り響くかわからない物騒な折柄で、これという遁げかくれるえんご物もないこんな場所で、おまけに、一番敵機にネラわれている航空隊近くを、牛車なんか曳いて歩くなどというのは、冒険きわまる芸当で、内心ビクビクもので出かけたのだが、何と、因果なことに、藤沢街道がいよいよ一番物騒な航空隊わきにさしかかった時に、突然、警戒警報、続いて、空襲警報のサイレンが、けたたましく鳴りわたったのには驚いた。

根っからの職人気質でたたきあげられて、忠実な、――それでいて、ヘンにのんきなところと、腹のすわったところがある植木屋の橋本と、ともかく力を合わせて、すぐ近くの、飛行場沿いの低い松林の中へ、黒い仔牛の長太郎のひいている牛車を引きこんで、一応身をかくしたつもりではあるが、痩せた小さな松の疎林で、とても、完全に、隠れおおせるなどというワケにいかない。航空隊の中からも、遠近の村々や町からも、長く尾をひいて、サイレンが咆哮《ほうこう》するように鳴り響いている。むろん、小型機の来襲にちがいないのだが、何しろ人家離れたひろい畑の中のこととて、ラジオで知らせるれいの東部軍情報を、きくワケにもいかない。どこから敵機が侵入して、どの辺へ攻撃をかけているのだか、かい目見当がつかないのだから、いつなんどき、いきなり頭の上近く現われて、爆撃や機銃掃射の目標にされるかもわからない。

橋本はしかし、悠々たるもので、パクリパクリと配給のタバコを吹かしながら、可愛い仔牛の長太郎の世話をしたり、空の向こうの様子をながめたりしている。飛行場の滑走路からは、あとからあとから、大小新旧あらゆる機種の飛行機が、ひっきりなし滑走しては飛びあがって、低空を旋回《せんかい》しながら、どこかへ飛び立って行って、実にこれが、空襲警報が解除されるまで、一時間近くも続いたのには驚いた。あとでこれはわかったのだが、これらのおびただしい飛行機は、侵入して来た敵機を攻撃に飛び立ったのではなくって、反対に、敵機が飛行場を襲撃して来た時、その攻撃で損害を受けないように、空へ逃避する目的で、ありったけの飛行機を飛びあがらせたのだそうで、そういわれれば、P51に立ち向かって行けそうな、元気のいい新鋭機らしいのは、一機も見あたらず、いずれも、練習機や輸送機まがいの、それも古ボケたガタガタ飛行機ばかりの不景気さだった。――

こんなこともあって、無事に藤沢にたどりついたのだが、主人公のいない、そして今はもはや人手にわたったワビしい紅波園の、荒れた栽培場で、そのあとかたづけをしていると、あたりはもはや、死滅したように静かで、夕日が斜めにさして、暮れがたの風が寒々と吹きはじめると、すっかり気が滅入ってしまって、もうそれ以上仕事を続ける気もなくなった。

仔牛の曳く牛車に、何やかや積めるだけ積んで、暮れがた前に藤沢を立ち、昼来た道を引っ返しているうちに夜になった。戦争の前途が暗澹たるものであることを象徴するような、村々町々が暗くさびれて闇にしずまりかえっている中を、疲れて時々動かなくなってしまう仔牛の長太郎を、かわるがわる橋本と声をかけてはげましあいながら、十五キロの長丁場を、やっと家までたどりついたのは、夜なかの一時すぎだった。

この思い出ばなしを書いている今は、昭和三十六年九月下旬で、渡辺君の突然の死を、むすこさんの草波君からの電話で知らされて、おくやみに家内といっしょに駆けつけたのが、つい先日の二十二日。紅波園は戦後また藤沢に再建されて、今は草波君の手で経営されて、盛業をほこっているのだ。

橋本はすでに数年前に、これは精神病をわずらってオカしな死にかたをして、今はいない。その時、牛車に積んで紅波園から運んで来たシャボテンのいくつかが、今も私の温室の中に健在で、ありし日の思い出のタネとなっているだけだ。渡辺君が生前よく口にした『人間無常』を、今度はそのシャボテンたちが口にして語りそうな気がする。

焼夷爆弾で半焼けの『新天地』大球群

八月十五日、終戦となる前後は、あわただしいことばかりで、色んな役職をもっていた私は、ほとんど自分のことを顧みるヒマもない日夜を送ってすごした。アツギ飛行場というのは、実は厚木市にあるのではなくって、大体私のすむ大和市地域にあるので、アメリカ軍の日本進駐が、まず第一番に、私たちの土地に行なわれるというのだから、大変な騒ぎだった。日本の無条件降服に最後まで反抗したアツギ航空隊の部隊長の部下の兵隊が、飛行場周辺の松林にひそんでいる中へ、マッカーサー元帥《げんすい》が空からのりこんで来て、日本占領の第一歩をふみ出すというような、劇的な事件があったりしたが、シャボテンと関係ないこの前後のいきさつについては、ここではのべない。

九月にはいると、私は気になっていた横浜へ出かけて、京楽園と伊藤園芸場のその後の様子を、調べようと思いたった。京楽園は栽培部がその前に辻堂に移って、これは片桐源一郎氏が経営にあたっており、横浜の方は、弟さんの八郎君が販売部として残って、営業を続けているはずだったが、実は私は、横浜が焼ける直前頃に、ここを売り払って、営業所を他に移してあったことを、知らなかった。西の谷町のもとの京楽園跡は、ただ一面の焼け野原で、ソレとおぼしい温室の礎が、ワビしく残っているだけで、さっぱりと灰塵に帰していた。

谷の奥のゆきどまり近い位置の傾斜地を占めた伊藤園芸場は、大きな母屋はただの焼け跡となり、半分焼け焦げのシャボテン温室が一、二棟、ずっと高いところにある蘭などの温室が二棟、やっと昔の形をたもっていた。ガラスは割れ、窓は飛び、すべて荒れ果てて廃墟の面影だった。戦争中に、最後にたずねた時は、多分昭和十九年の春頃だったと思うが、園主の池野市太郎さんと猶吉君が、作業場でせっせと、トマトの苗の移植をしていた。シャボテンは商売にならないので、こういった野菜の苗作りをしていたのだ。これは、京楽園も同じことで、終戦直後、京楽園では、辻堂駅前にムシロを敷いて、春になると源一郎氏が、トマトやナスの苗を、道ゆく人に売っていた。

しかし、伊藤園芸場では、その市太郎氏も、戦火の中でなくなっていた。焼夷爆弾が雨と降って、あたり界隈が爆風と火と、闇のような煙に包まれている中を、逭げまどいながら、ほとんど一家全滅の非運に遭われたのだ。何でも、肉身呼びあい、避難のみちを見つけながら、市太郎氏は思いついて、家の中に財布か何かとりに入って、そのまま焼かれたというような話を、猶吉君からきいた気がする。焼け焦げた邸跡の南側の崖にならんでいるケヤキの焦げた梢に、トタン板が舞いあがって引っかかっているのが、当時の爆風のすさまじさをものがたって、何か愴然《そうぜん》たる感じだった。

いしずえだけ残っている母屋あとをとりまいて、鉢植えの植物の焼け焦げが、ちらばっており、栽培場はただワビしく、荒れるにまかせてあった。

小さな焼け残りの、トタン葺《ぶ》きの物置小屋が、ただひっそりと立っているだけで、人のいる気配もないので、崩れた石段をのぼって近づいて行ったら、何かコトコトとワビしいもの音が、その物置小屋の中でするので、少しあいている戸口から声をかけたら、中の暗がりから、憔悴した猶吉君が、えり首のあたりにナマナマしい火傷のあとのある顔をあげて、私の訪問にこたえてくれた。すぐ土間のわきに、こわれた木箱がおいてあって、そこに、焼け跡からでも見つけて来たらしいいささかの仏具や、茶碗が置かれ、そこに、幾つかの位碑が、ワビしく悲しくならんでいるのが、眼についた。

実に、池野君は、一瞬の戦火の中で、養父母二人、奥さん、小さい女のお子さんをなくされ、ただ一人、生き残ったのだ。長男と長女のお子さん二人を、田舎に疎開させておいたのが、奇蹟的に、一家全滅の悲運から一家を救ったようなものだった。

池野君は、この運命的な打撃と、商売の先ゆき見通しの絶望とから、半年もここを棄てて、お子さんたちの疎開先の田舎に引っ込んだままでいたが、このままいつまでもうっちゃっておくワケにもいかないから、ともかく、一応出て来て、後片付けをしたり、ボツボツ、先のことを考えようとして、数日前にやって来て、一人この焼け残りの物置小屋に、ワビ住まいをしているのだとのことだった。

東京も横浜も、その間のいわゆる京浜地帯も、見る限りただ焼け野ヶ原の連続で、まだ大通りがわずかに整理されただけで、盛り場という盛り場はすべて露店の闇市が、終戦と同時にどこからかドッと出て来た怪しげな生活物資をならべ、何を見ても物欲しげなサモしい群集にかこまれて、無秩序にゴッタ返しているという時代だった。日本国民の中から、幾千万人の餓死者を出すのを避けられないかもしれないような噂で、占領軍の放出食料が配給され、人々はともかく、まず飢えの解決のために、眼の色をかえて、ただ東奔西走《とうほんせいそう》して日を送っているというありさまなので、園芸どころの騒ぎではない。当分まだ、商売のことなど考えられないところへ、池野君の話では、火事で貯金通帳のようなものは、すべて焼いてしまったし、焼け跡で何とか事務を開始した郵便局や銀行にかけあって、こんな問題をどう処理したらいいかも、見当がつかない。ただ毎日、焼け跡のとりかたづけをしながら、茫然と途方にくれているばかりだが、今後いったいどういうことになるのだろう。

そこで私は、いった。

さしあたりはなるほど、そんな状態だろうが、実のところは、今こそ池野君のような実力のある園芸家が、十分の見通しをつけて、近い将来のために大活躍をする準備をととのえておくべき時だと考える。早い話が、今飛行機にでも乗って、高い空から京浜地域の焼け跡を見おろしたら、素焼きのように緑一つない焼け野ヶ原がひろがっているだけで、焼けずに残ったぐるりの地域が水々しく緑に覆われているのと、恐らくよほどきわだった対象を見せているにちがいない。この素焼きのような荒涼たる焼け野ヶ原に、日毎にバラックが建ちならんで、またもとの都会にもどりつつあるのに、ここは街路樹一本残らず焼き払われたままで、眼をなぐさめる緑なんか何一つない。いずれ、このままですまされるものではないから、だんだんと住まいが整備されて、都会が復興するにつれて、そのうちに要求されるのはこの樹木の緑で、それにこたえて立つ義務があるのが、園芸家の仕事でなくてはならないと考える。シャボテンなどはまたまた先の話だが、その前に、ともかく、すさんだ焼け跡住まいの人々に緑を提供するために、手頃な庭木や鉢植えの草花や植え木の用意をすべきではないか。戦災で焼け失せてしまったこれら庭木や草花の量というのは、とても想像も出来ないほど莫大《ばくだい》なものだから、どれだけたくさん用意しても、多すぎるなどということはない。とにかく、この際商売気を出し、元気をふるい立てて、この広い京浜地域の焼け跡の緑化という大きな仕事と、希望をもって取組むべきが本当だ。――たとえば、戦禍を受けていない安行《あんぎょう》(3)あたりへ、今すぐ出かけて行って、いずれ戦争以来たいして手入れもされずにうっちゃらかしにされている植え木や草花が、莫大にあるだろうから、そういうのを買いこんで、この焼け跡の栽培所に、ギッシリ植えためておくことだ。戦災にガッカリして、ただ引っこみ思案ばかりしている場合じゃない。云々。――

この私の素人意見を、池野君は肯定してきいていたらしかったが、何しろ、さっきにもいったように、焼け跡の始末にほとんど裸一貫で田舎から出て来たので、そういう商売の資材を買入れるにしても、さきだつモノがないという意見だ。せめて、貯金でもこの際引き出せたら、何とか考えようもあるが、焼いてなくしてしまった貯金通帳のことで、郵便局や銀行とかけ合うにしても、てんでその手がかりがない。――

私は栽培所の被害を、いっしょに見てまわってみたが、シャボテン専門の温室が一つ、半分焼け焦げて残っているほか、若干のフレームにも、まだシャボテンがいっぱいつまっていて、五月の空襲以来、そのまま打ち棄てられていたのに、ともかくもちゃんとそれらが生きて、まだ残っているのを認めて、幾分ホッとした。池野君もいった。

「さすがにシャボテンですヨ、この中で、こうして生き残っていますからネ。しかし、とても、当分商売になんかなりません。」

私はこれらの中から、買っておいてもいい種類が結構あることを、ずっと調べて歩いて、大体心の中でメモしてみた。それから池野君とそれを買入れる交渉をした。早速明日にでも、運搬して持って帰れる手筈がととのったら、改めてもらいに来るからと約束をして、とにかく希望をもって、元気にやってもらいたいとげきれいして、その日はそれで帰って来た。

ちょうど、川崎の方で戦災をうけて、私の近くに来て、色んな雑役《ざつえき》をして暮らしている一家があって、面倒をみていたので、そこの親子に牛車をひかせて、横浜からシャボテンを運んで来させる手配が出来た。ソコで、すぐに私は、また横浜へ出かけて、ほしいと思うものを焼け残りの温室やフレームから、ちょうど牛車に積めるだけ買ってそれを運んで来させることにした。終戦直後の金額で、何でも二千四百円ほどだったと思うから、今の購売力でいうと、四百倍として、ざっと九十五、六万円、――かれこれ百万円になる見当だ。

「これで、商売のもとでが出来ましたョ。」

波野君が、無惨なやけどのある憔悴《しょうすい》した顔に、何となく元気が出たような表情で、心なしか涙の光っているような眼で、私から金を受取ったのを、今でも覚えている。私はただ、自分でほしいと思っていた植物を、この焼け跡でみつけて、ほしいだけ譲ってもらって買ったのだから、別に池野君のその時の気の毒な境遇に、何か援助じみたことをした気持はなかったが、少なくともこの壊滅した日本のシャボテン界で、戦前からのこの有力な栽培家が、幾分でもこういうきっかけで、いささかのぞみをまだ失なわずに、商売を続ける気になってくれるための刺戟になれば、と心で念願したものだ。

その後十五年、この伊藤園芸場も、今はほぼ復興した。母屋をもとのように建てて、養父母の生前にむくいるまでは、少し欲ばらせて、ゼニ儲けさせてもらいますヨ、などと率直なことをいう波野君も、さすがにこの頃は老いが目立って来た。昔、二棟の大温室が、ガラス屋根につかえるように育った墨キリンや、背の高さの二倍ものびた仁王丸などの林立で、シャボテンのジャングルを思わせた時代の鬱然さには、まだまだ及ばないが、しかし、商売の繁昌は、その頃をしのぐ華やかさで、さすがに日本のシャボテン屋さんきっての名門ともいうべき池野市太郎氏のおメガネにかなったあとつぎとしての貫禄を、見事に示しているのはうれしい。

半焼けの温室の中に、半焼けの新天地の大球が、百本近くもあって、ちょうど人間のヤケドの痕のように引っつれて、ずいぶん長いこと、そのままになっていた。十五年たつ今日でも、この一群がまだ、フレームの一郭に、昔の面影を伝えておかれている。私も記念に一つ持って来たが、今は元気よく育って、ちゃんとした標本になっている。あとには、ヤケドのひどいのばかり残ったらしく、今だにお岩さんのような顔をしているので、当分まだ売れそうもないが、さすがにシャボテンで、枯れもしないでともかく育っているのだから愉快だ。

牛車で運んで来たシャボテンの中に、玉翁殿が十本ほどあった。素姓《すじよう》の非常にいい玉翁殿で、今は七、八センチの大きさになって、純白の長い長い毛髪の中に埋まっている。だんだんと人にネダられて、今では三、四本になってしまったが、こんにちでは一本二千円でも、とうてい手にはいるまい。私の方にも、こういうウマイこともあったのだから、波野君は私に義理を感じる必要もないワケだ。

湘南金沢の大コレクションの処理

終戦の年の七月はじめのこと、もと農業世界の主筆だった大山玲琅君から、突然こういう連絡があった。

相南金沢の大橋勇吉氏の別荘に、シャボテンの大コレクションがあるが、いよいよ金沢付近も、ちかくに追浜《おっぱま》の飛行場や横須賀軍港をひかえているから、艦砲射撃ぐらい受けかねない。それに、専門の栽培がかりが次ぎ次ぎと兵隊にとられて、これ以上植物をもちこたえられないから、この際全部処理してしまうことにした。そうなると、こういうコレクションは二度ともはや見る機会もなくなるから、是非ご来遊ねがって、見ておいてもらいたい。ついでに、ほしいものがあったら何でも差上げるから、ご遠慮なく選んでお持ちになっていただきたい、という。

大橋勇吉氏は博文館(4)の社長だった人で、以前ドイツのハーゲ商会主アドルフ・ハーゲ氏の著書の『仙人掌の室内栽培法(5)』を翻訳して出したこともあり、その後シャボテンの大蒐集をはじめて、湘南金沢の別荘に見事なコレクションをもっているという噂だけきいていた。小石川植物園の松崎直枝氏と、その頃盆栽の蒐集と、古銭の蒐集研究で日本一の称のあった田中某氏と、私が特別にまねかれたワケだ。

金沢の大橋氏の別荘というのは、さすがに名だたる富豪が、金に飽《あ》かせてつくったものらしく、豪壮をきわめたもので、うしろをまるく丘陵にかこまれて海を見おろし、鬱蒼たる古木立ちに覆われて、大小幾棟の豪壮な建物がその間に隠見するといった風で、宛然《えんぜん》別天地をなしていた。そこに、シャクヤク園とか、牡丹園とか、梅園とか、それぞれ専門の植物を植えて、相当の面積をとった花園があり、海にいちばん近い一郭を、高く広く石垣で囲って、そこにシャボテンのコレクションのために、大きな鉄骨温室が三棟と、フレームの大群が、ならんでいた。温室もフレームも、シャボテンでいっぱいで、殊に温室は、原産地輸入の大球や大木が、大部分この温室内に根づいて茂って、壮観を呈していたが、地植えになっているものはともかくとして、管理に多少とも手のかかる植物は、よほど久しく水ももらわずほったらかされていると見えて、鉢はカラカラにかわいて萎縮に萎縮し、頭から埃をかぶって、見る影もないのが多い。

私は大橋氏と大山君にこの温室へ案内されて、金に飽かして集めたコレクションの規模の大きさに驚いたが、そのほったらかしにも驚いて、大橋氏にきいてみた。

「いったいこれらの植物は、これでも栽培されていたんですか。」

「……?」

不審な顔をして私を見た大橋氏の顔に、ちょっと不快な表情が浮いたが、あとで私は、大橋氏は、褒《ほ》めて貰《もら》わないと面白がらないという一種の金持気質の人で、あまり露骨に、私のような批評をすると、機嫌を損じるという話だった。しかし、コレクションそのものの素晴しさには異論がなくても、お世辞にも、これをちゃんと栽培されている植物と見るワケにはいかない。あとで説明されたところによると、六名からいた専門の栽培係りが、つぎつぎと兵隊にとられたあと、補充が出来ないのと、もうまる一年ちかく、ぜんぜん管理する者がないままに、ほうっておかれたのだという。それなら無理もない。

一つの温室の入り口には、土間に地植えになって、麒角キリンの見上げるような大木が、天井のガラスにつッかえて、ひとかかえもある太さの幹をウネらせていた。また、あるベッドには、これも地植えになって、太さ直径一五チセン、高さ三メートルもある翁丸の大木が数本、それよりも低いのもまぜてかれこれ十本以上そびえ立って、それらが元気のおとろえを見せずに成育していた。温室の中で育てられると、いくらか徒長《とちょう》気味にでもなるのか、白い毛髪のカランだ中に、美しいネギのような青白色の肌色をよく透かせていて、根元の方まで、皮膚の老化の色を示していなかった。培養土は赤土が主で、ベッドには、土にうめて煖房用の鉄管が通っているらしかった。これらの柱状シャボテンは、鉢植えよりも地植えの方が、実際は性にあっているので、冬の最低温時に地中温度が最低五、六度C以下にさがらないだけの設備があれば、地植えの方がきわめて栽培成績はいいらしい。しかし〇度C近くさがって、根が寒さのために活動出来なくなっているのに、ソコに湿気がとどまっているようだと、必ず根に害を受けて、根腐れなどの原因になる。普通の球状シャボテンでも、元気よく育って、鉢孔から下へ根がのび出るようだと、鉢の中だけで育つよりも、ものスゴい成長成績をあげるが、そのままほうっておいて、一度冬をすごさせると、よほど環境のあたたかいところでないと、鉢孔から出て下の地面へはびこった根は、春までに腐死してしまって、その根の腐蝕が、ともすると球体にまでのぼって来て、その植物をダメにしてしまったりするから十分注意が必要だ。

それらの翁丸のほかに、一とかかえもある金竜の巨大球、レコンテ玉金赤竜や日の出丸の、いずれも一尺鉢植えの巨大球、百球近くもある色んな牡丹類の大球、数百の鳥羽玉、その他強刺属、テロカクタス、数百頭立てのマミラリアなど、両側と中央のベッドにいっぱいの原産地球シャボテンで、いずれも一種十数本から数十本、中には数百本にもなるという蒐集だった。なぜ、同じ種類の植物をこんなに数多く集めたのか、ちょっと不思議に思ったが、あとできいたところでは、農業世界の代理部か何かで、これらのシャボテンを営業販売していたらしい。

檜づくりの大広間で、そのころ『純綿』といわれた白米のお握りで、昼飯のごちそうになったりしてから、これらのコレクションを一と通り案内されて見て廻ったが、いずれ近くこれらのシャボテンを全部、処分してしまうから、今のうちにどれでも、好きなモノがあったら呈上するから、選んでほしいといわれたが、あまり作落ちした植物ばかりなので、折角の好意ながら、是非これが頂きたいと食指を動かすような植物は、ほとんどない始末だった。しかし、れいの翁丸の林立だけは、ちょっと当時私たちが、これを運び出す手配もムズかしいし、また持って来ても、ちょっと大きすぎて植え場がない。しかし、標本として、貴重なことは貴重なのだから、これは出来れば散逸させずに、どこかに保存したいものだと考えたので、ちょうど大橋氏は逗子《ずし》だか鎌倉だかにも別荘があって、ソコには温室の設備もあるというので、是非これだけは他へやらず、ソコへ運んで植えて、標本として保存されるようにと私はおすすめしておいた。

数日後私は、人夫を三人つれて、ここから若干の植物を運んで来たが、その時持って来た鋸《きょ》歯竜《しりゅう》の大株とアガベの蒼竜閣《そうりゅうかく》だけは、今も私の温室の中でますます元気に育って、威観をそえてくれている。

あとのそれらの植物は、十数台のトラックで運び出されて、どこかへ移されたときいたが、松戸の今の千葉大学園芸学部、小石川の植物園などへ、そのうちの若干が行ったときいているだけで、あとは行方がわからない。私は大橋氏に、設備ごともらえるのだったら、何とかこの全植物の保存をこころみてもいいがと申し出たが、この鉄骨の大温室やフレームは、その中で食料野菜を栽培するのに利用する計画で、その目的のためにシャボテンのコレクションを処分するのだから、設備の方を差上げるワケにはいかないという、至極もっともな意見だった。もっとも、実際のところ私も、この五十坪から百坪もありそうな鉄骨の大温室を三棟ももらったところで、さて、その始末をどうしたらいいか、手も足も出なかったにちがいない。それにしても、シャボテンよりもトマトやナスやキュウリや菜っ葉や大根の方が大事で、温室やフレームの中に位置をしめる資格があった時代だったことを頭に置かないと、この昔話は理解出来ない神話としか受けとれないにちがいない。

（一九六二年 六一歳）

『文明』に関する一考察

一、文明・文化・進歩

文明の『文』は、漢和辞典や字源によると、『あや』または『模様』などの意となっている。あや、とは、たとえば、糸がもつれ、こんがらかり、錯綜《さくそう》して『模様』または『模様』のようなものになっている状態だが、プリント模様の染色や、人造樹脂やガラスに彫刻された何かの形象や模様とはちがって、だんだんとその糸のもつれやこんがらかりを、ていねいに解きほぐしてゆくと、模様が解消してゆく。つまり、縦と横と奥行きをもった立体的空間と、時間という四つの次元の中に錯綜して、一方から見ると、平面上の何かの模様のように受取れるが、これは一方からだけ見るからであって、その間に空間と時間が挟まっていて、ていねいに順序を追ってほごしてゆくと、それが一本のあるいは何本かの糸の続きであることがわかる。また、例えばこれは、一つの自然的なあるいは人為的な現象を、ただその現象の時点でだけ見ないで、だんだんとその原因や原因の関係、な、り、た、ち、または時間の経過をたどってゆくと、これまた空間と時間の中に一つの現象があらわれた理窟が、解きほぐされてゆく。『あや』とは、理窟としてまだ解きほぐされていない『現象』あるいはもつれたり、こんがらかったりして錯綜したままの状態でいる糸、こういったもので、じつは『文明』とは、自然現象や人為現象を、ただの現象として受取ったり、または人間の理解や納得の全く届かない、つまり、人間の叡智《えいち》が一切これに干渉出来ない絶望的なものと思い込んだりしないで、それらの現象をつくりあげた色々な原因や、原因と原因の関係を順序よく、時間と空間の次元の中で究明し、解きほぐし、理窟立てて、人間の叡智で理解し、また納得のゆくものにする、——言葉をかえれば、文《あや》を明らかにしてゆく、このような人間の精神労作を『文明』と呼ぶものと解釈していいだろう。

リンゴが落ちるという自然現象を究明して行って、引力の法則を見つけ出す。地層のそれぞれの古さの中で見つかる生物の化石の変遷から、生物の進化の順序を理解する。すべてこういう知識の時間を追った累積が、文明を構築したのである。

ところで、このようにして得て来た文明の知識を、ただの知識として図書館の中の埃のつもった書籍のようにしまって置かず、これを、人間の生活をよりよくするために応用して、そこに、その前にくらべて何かの変化が行なわれた時に、『文明』によって人間の生活は開化されたというのであって、ここには人間が他の生物といたく異なった能力として持っている『生活をもっとよくする』という意力が働いたことを示している。『生活をもっとよくする』ということはどういう意味かというと、これを素朴に、原理的にのべるならば、人間がより幸福に、健康に、平和に繁栄するということで、人類の歴史的変遷上から見るならば、人間の集団がだんだんと、小さな数から大きな数になり、人類という概念が普遍化してゆくにつれて、この考えかたは、『人類の生活をもっとよくする』という風に規模がひろがってゆくはずのものである。

人間という動物は、身近かに昔から飼っている動物である『犬』や『猫』に比較すると、これは『犬』に近い動物である。餌《えさ》である鼠をとらえるためには、どこか片隅の暗い鼠穴のところに、ジッとひとりで獲物をねらっていなければならない猫の、本質的孤独な生きかたとちがって、犬は集団して獲物をおそってとらえるので、きわめて原始的ではあるが、社会的生活をなしている。この点、人間は犬にちかい、いろいろとそれまでにイザコザは繰り返すだろうが、いずれ人類は、地球の上のまとまった一つの集団として、その、よりよい生活のありかたを考えなければならない宿命を持たされている。その、よりよい生活のために、文明が応用され、それが文明開化——すなわち文化をもたらすのであって、文明が抽象的な知識にとどまらないで、生活に干渉して、そこに、それより前とちがった変化が行なわれ、それによって、どういう意味でか生活がよりよくなった場合に、それは『文化』と呼ばれることになる、と、まあこう解して、あまり間違いあるまい。

しかし、このようにして、人間の生活が文化的になるということは、また別の言葉で『進歩』といわれるものだろうか。これを、全く何の疑いもなく、そうだと理解していいものだろうか。『進歩』とは、字義はいたって簡単で、前にむかって歩を進めたことであり、この場合『前』とは、ただの時間の経過を意味するのではなく、その時間の経過の前の方とあとの方との間に、変化が行なわれており、且つその変化が、前よりも後の方が事態がよくなっていなければならないのは、いうまでもない。ここまでいえばわかる通り、『進歩』とは、実は動いている状態をいうのであって、これを映画のフィルムにたとえれば、文化は、フィルムの一コマ一コマの映像であり、その一コマ一コマの映像が、だんだんと変ってゆくのは、『文明』の知識が生活に干渉して、これを変えてゆく順序を表現しているのに他ならない。このフィルムを映写して、その一コマ一コマの変化を『動き』として見た時、この動きが『進化』という現象的な言葉を、具体的なものとして示してくれることになる。また別な表現をすれば、文化とは、人間または人類（人間集団の抽象的表現）が時間を追って、生活をよりよくしてゆく経過の断面図だが、進歩は、それの横からの眺めということになる。

二、進歩と進化

われわれ人類の直接の祖先であるホモ・サピエンス（賢こい人）が地球上に出現したのは、だいたい三〜四万年前のこととされているらしい。この前後に、われわれの住む地球の、地殻の上には、色々大きな変動があったと解されている。たとえば、アメリカ大陸を例にとれば、シェラネバダ山系などの大陸内部の雄大な土地の隆起は、その前頃からはじまり、土地の隆起とともに乾燥がはじまって、所々に大規模な砂漠が出現した。今まで雨が降り、植物が茂り、ために土壌《どじょう》が肥沃《ひよく》だったところが、だんだんと、ドライな不毛の地と化した。これを仮りに、石炭期とか氷河期というような表現のしかたをすれば、砂漠期といっていい時代で、地球上陸地の¼を占める広大な砂漠は、その前後に地球上に出現したと見ていい。要するに、地球上がかなりセチ辛くなって来たわけで、その時代にホモ・サピエンスが、最も進化した動物の末端とされる哺乳類の最後の進化の段階に出現したという理窟になる。

その頃、植物の世界では、Cactus 科の植物を中心とした Desert plant すなわち砂漠植物が、あらゆる植物の末端にあらわれている。面白いのは、この Cactus 科の植物とホモ・サピエンス——すなわち人類とを比較すると、ともにはなはだしくセチ辛くなった地球上に、最後に出現した生物として、色々共通点を持っていることである。たとえば、あらゆる生物——植物から動物に到るまでの色々の段階にあるすべての生物の中で、モノを貯蓄して生活しているのは、Cactus 科の植物などがそれを代表する多肉性の砂漠植物、すなわち Succulent plant (多肉植物)

といわれる植物と、人類だけであること、摂氏五十度という低温から、五十度を越える高温を自然温とする地帯に、その生存を保ち得るのも、植物の中のSucculent群と、われわれ人類だけであること、などである。

人間は、秋の収穫を全部酒に醸造《じょうぞう》して、収穫の神サマの恩恵をたたえすぎて、それを飲んでしまうと、その冬には餓死をまぬがれない。バイブルの中のキリストは、明日を思いわずらうなかれとおっしゃっていられるが、人類は一年を通し、昼も夜も、明日にそなえることを念頭から放さずに生きている哀れなセチ辛い動物であって、その点残念ながら、キリストの教えにそむいて生きている。砂漠植物もまた一年の大半以上を占める雨一滴降らない猛烈な乾燥期の乾きにそなえ、摂氏零下数度から時に零下五十度を越える冬の酷寒、これまた時として四十数度から五十度を越える熱暑に耐えて生きるために、水や養分の貯蔵、耐寒耐暑のそなえを、人類の科学的知識でまだことごとくをさぐり出せないでいるほどの物理的、化学的合理性を身につけて、普通の植物やその他の多くの生物のほとんどが生きられない酷薄きわめる、いわゆる砂漠的環境に適応して生きて、その種を維持し、繁栄している。これと同じことを思いついて、北極や南極圏のような酷寒の世界や、焼けただれるような酷暑の砂漠地域にも、暖房や冷房をほどこした建物や車をもっていって、生きているのは、人類である。

北米アリゾナの死の谷 Death Valley は、夏の日中最高温時に、十五万ルックスに達する日光照射、五十度を越える高温、長く雨の降らない乾燥のために、すべての植物は枯れ果て、この谷に舞いこんだ小鳥や蝶のたぐいまで、死滅してしまって、言葉通り死の谷となり、遠いいにしえに繁茂した巨大な樹木が硅化木《けいかぼく》として、その荒涼たる残骸《ざんがい》を示しているにすぎない人外の魔境としてあまねく知られる世界だが、ここに例外として、Cactus 科の植物だけは生存の姿を見せ、厚顔無恥にして不逞《ふてい》をきわめた人類だけは、こともあろうにここを観光地として、冷房装置を完備した車で、コカコーラなんぞを飲みながら、面白オカしく見物してまわるのである。

人類は『文明』を武器として、よりよき生き方を求めて前向きに歩いて、——すなわち進歩して、今日の文化を手に入れたのだが、Cactus 科の植物など砂漠の植物は、これは進歩して今日のような環境に適応する資格をかち取ったのではなくて、これは、ダーヴィン(1)の進化論が説くように、自然陶汰《とうた》などによって、環境に適応して、今日のかたちをとるようになったと、そう解していいのだろうか。この場合の『進歩』と『進化』とは、どこがどうちがうのだろうか。『進歩』とは、そこに人間という非常に特殊な動物だけに附与された脳の機能、――たとえば知能というような精神活動によって、どういう生活のありかたが、今よりも一層よりよいものかということを判断し、その判断に従って進む方向を選んで、そちらへ足を向け、文明の利器を利用して、その求める方向へ歩を進めて、今日の生活をかち得た――つまり、そこには人間独特の知恵や技術が、関係している。ところが植物は、突然変異とか交雑というようなことで、種が変化し、それが、環境の変化にともなって自然に淘汰されて、適者生存の原則に従って、環境に適応したものだけが種を維持し、あるいは繁茂してゆく、つまりここには人間の脳髄――大脳皮質などの働きによる知識やその伝達や意志的行為などは、一切関与しないで、すべてアナタまかせの状態で、自然の変遷とともに変遷してゆく。これを『進化』というのであって、これはいわば生物の不可逆的変化ともいうべきもので、前進することが都合がよくなければ、クルリと向きをかえて、あと戻りするような器用な芸当は演じられない、自然界に現れた新たなる現象に対しては、新たなやりかたで適応するということになる。これが『進化』とされている。

人間の進歩は、少しそれとちがって、反省もあれば、自己批判もあれば、生活のためにその方がよいと判断されれば、あと戻りということもあり得る。すべては、生活の状態を、今よりもよくするという判断がこれに干渉している、という風に考えられる。もっとも、人間の生活はもっと無目的なもので、ごく眼の前のことの解決の連続が、人間の歴史を構成するにすぎない、という見方もあるが、そのごく眼の前のことをどう解決しようとするかという動きを、それぞれの時点でつきつめてゆくと、おおむねこれは、やはり、今までよりもよりよくするという判断がそこに働いていると見るのが自然だろう。ヤケのやんぱちで、どうにでもなれというような行為の連続が、常に人間の歴史をつくりあげてゆくというような考え方も、また人間の判断は常に愚昧《ぐまい》と錯誤《さくご》の連続で、よりよくどころか、常によりわるくしか進んでいない、つまり、進歩どころか常に退歩または退化であり、文化どころか野蛮への行進である、というような解釈は、やはり、どこかヘソが曲っているか、ツムジが曲っているか、尻が曲っているか、あるいは、その三つとも曲っているものの見方であるという方が正しかろう。

ただ、しかしここに一つ、注意すべき問題がある。ごく長い期間について、つまり、いわば究極の問題について、人類はいったい何をしたいと思っているのだろうか。また、こういう人間独特の、文明だとか進歩だとか文化だとかというような考えは、いつ、人間のどこから発現して、このように逞《たく》ましく、且つあわただしい動きの渦の中に、人間をまきこむことになったのだろうか、ということである。そして、この問題から当然帰結するものとして、いったい人類は、今もなお進化しつつあるのだろうか、それとも、もはや人類の生物的進化は、とまってしまって、キリストの頃の狐と今の狐がまったく同じであるように、人間もまた、幾千年幾万年あるいはそれ以上の年限にわたって、今のままに固定した種として扱われるような生物となっているのだろうか。更に、もっとわるく考えて、すでに人間は、進化の坂をのぼりつめて、そろそろ下り坂にかかっている、つまり、退化しつつある種なのだろうか、という問題である。

ここでちょっと、また話が横路にそれるが、人類すなわちホモ・サピエンスと同じ頃に地上にあらわれた砂漠植物、たとえば Cactus 科の植物は、非常に明瞭な事象として、現代なお進化が続けられている。種は固定せず、砂漠的環境の変化に余儀なくされて、その変化に適応すべく、種の不可逆的変化、すなわち進化が行なわれている。われわれの眼に見なれた多くの植物、たとえば松にしても、杉にしても、これは千年前の松や杉と、かわっていないし、おそらく同時に、千年後の松や杉も、変わっていまい。しかし、Cactus 科の植物は変わっている。大陸内部の地殼の隆起は、現在もなお続き、その乾燥化は徐々に進み、砂漠はだんだんと拡まっていっている。砂漠の各地では、その拡がりを食い止めたり、砂漠である部分を狭くして、地球上の人類の住み場をひろげようとするいわば砂漠との闘争がはじまり、それは今世紀後半のかなり眼立った文明活動の一つとなっている。このような、自然を放任するとめどなく進んでいきそうな大陸のドライ化に、砂漠の植物は適応して、今もなお進化を続けているのである。

人類はこの場合、どうなのだろう。種は固定してしまっているのか、それとも、進化か退化か、そのどちらかが行なわれているか。人間の脳髄の状態には、二つの矛盾した兆候が見られ、これから開発されるべきと見られるほとんど無限の未来を一方に包蔵するとともに、進化しすぎて更にこれが進むと危機をもたらすことを予想させる部分もある。たとえば、脳は生命活動を統合する点で精巧きわまる機能をもった連立内閣機関だが、その統合の中枢をなす重要で微妙な神経連絡機関に、分裂の兆候を示す危機が萌芽《ほうが》している。もう一つたとえれば、内閣の各部門を連絡する電話交換台の配線が複雑微妙になりすぎて、ちょっとしたショックや緊張で、その一部の機能が麻痺する。地べたの上にひいた狭い二本の線の間は、ゆとりをもち安定した足どりではしからはしまで歩いて行けるが、高層ビルとビルの屋上にかけわたした狭い足場の板の上では、立ちすくんでしまって、重力の均衡をたもって無事にそれを歩き渡ることが甚だしく困難になるのである。視覚や聴覚（この聴覚器管の中に重力の平衡をたもつ重要な機能がある）や筋肉の平衡を保つことを命令する脳の機能などの間に、分裂が現われる。猫や犬や猿の時代には、このようなことはない。一歩あやまれば生命にかかわるような事態を生じる危機において、人間の場合にはこのようなことが起きる。

精神的な、また肉体的なある種の頽廃が、またその一つである。かかる頽廃に眼をそむけた時代は、すでに過去になりつつある。人間という生物は、必ずしも今、進化の坂をのぼりつつあるのではなく、のぼりつめてその坂を下りつつあると思われる兆候の幾つかを持っているかに見える。

しかし、そのことはさておいて、実はここで問題にしたいのは、人類の生物的進化のあとを逆にたどってみた時、ゴリラやチンパンジー・オランウータンの類人猿のような遠い祖先からハイデルベルグ人、ジャワ原人、クローマニヨン、などを経て、現在の人類の直接の祖先であるペキン原人など、ホモ・サピエンスの出現にいたる過程のどの時点から、現在の文明と進歩や文化をつくりあげる兆候が、はっきり現われはじめたのか、また、それには、どういう動機と意図があったのか。それらはすべて動機も意図もなくCactus科の植物が、地殻の一部のドライ化に適応して今日の状態に進化したその進化の法則を適用することで、これは解釈し納得のいくようなことがらなのか。すなわち、人間に文明の歩みを与えた脳髄や器用な指先の働きなど、精神や肉体の独特な機能もまた、ただ、突然変異や交雑にもとづく種の変遷と自然陶汰による生物進化の原理による以外の、なにものでもないのか。

ここで、しかしこういうことはいえる。

ホモ・サピエンスは火を使用し、両足で立って歩き、器用な手をもっていた。それより百万年あるいはそれ以上古い時代のハイデルベルグ人、ジャワ原人、クローマニヨンも、二本の足で立って歩いた、と解されている。それよりはるかに遠くさかのぼって、現代のゴリラやオランウータンやチンパンジーにその面影を正しく伝えているとされる類人猿時代（？）には、三本足――つまり、二本の足と片一方の手と、都合三本で、中腰に『立ち匐《ぼ》い』歩きをした。

この、三本足というのは、子供たちが乗りまわしても危なくない三輪車の安定さをもっている。しかし、二本の足で立つとなると、これは不安定な自転車が、よくそれを象徴するように、静止して立っているのに適していない。どうしても自転車はペダルを踏んでイヤ応なく一応のスピードで前進しなくてはならない。人類は二本足で立つようになってから、一つのところに静止しているワケにはいかなくなった。そして、その時点から、イヤ応なく、文明と進歩の歩みがはじまった。――

片一方の手が、つっかい棒の役目から解放されて、もう一方の手と協力して合計十本の指が、生活をより都合よくするための仕事に、いつでもとりかかれるようになった。使えば使うほど発達するのは、手指も脳髄も同じことだ。二本足で立つようになったために、一ヵ所に静止しているのが一番安定のいい状態でなくなった人類は、今までより歩きまわる関心圏の直径が、三本足の頃よりも一段とひろまったことは当然で、この関心圏のひろまりにともなう見聞のひろがりと経験の増大とその記憶の蓄積が、知識というかたちで、生活をより都合よくすることに、役立つようになった。

人類の文明と進化、だんだんと生活が文化的になっていった順序を、こんな風に説明することは、それほどひどく間違っていまい。

しかし、ここでもう一つ考えなければならないことがある。

今まで何もなかった時空の世界に、突然、あるものを出現させるということは、決してそう不合理なことではなく、これは非常に簡単な算術である。ゼロから突然に3を出現させるためには、マイナス3を引けばいい。今まで何の物質もなかった世界に、今、水素という化学物質をつくり出そうとしたら、マイナス水素[2]を、その虚無の空間から差し引けば、そのあとにプラス水素、すなわち、われわれの世界の実在の水素が出現する。マイナス水素というものがあるだろうか？　最近の天文科学はマイナス水素からなり立つ星を、天空の果てにすでに発見しているのである。

一個の茶のみ茶碗が、なぜ忽焉と手のひらの中に出現したか？　それはデパートの食器売り場か何かから、買って来たからなのだが、それならば、なぜデパートの食器売り場、あるいはそれを焼いてつくった陶工のところで、今までは明らかになかったところの茶のみ茶碗が出現したか？　これも簡単な算術で片附く。何もないところからマイナスの茶のみ茶碗を引けば、あとにプラスの茶のみ茶碗、すなわち実在の茶のみ茶碗が現われる。実在の茶のみ茶碗のことはわかるが、マイナスの茶のみ茶碗というのはいったいどういうものなのか。それに対する答えはこういうほかない。そのマイナスの茶のみ茶碗はどこかの空間で、ある時、実在の茶のみ茶碗とぶつかり合うと、その瞬間にその茶のみ茶碗はなくなってしまって、ただの陶器のかけらの散乱と化してしまう、そういう厳粛《げんしゅく》な性質をもったものだ。

さて、人類は、哺乳類動物の進化の恐らく最後の段階で、地球の上に出現し、文明や進歩によって、その生き方を時間の経過につれていたく変化させてゆく力のある、不思議な能力を持つ動物となった。このような能力、これをごく簡略にしてみれば、最初に取り上げて論じた、ものの『あや』——立体的な空間と時間という四つの次元の中で、もつれ合いこんがらがり錯綜した理窟の糸を、だんだんと根気よく、解きほぐして、その複雑な仕組みを理解し、納得する、——こういう能力、このような、どんな動物ももっていなかった能力を、どうして、その生物的進化のある段階に、ホモ・サピエンスだけが獲得したか。この問題もまた、無から有を生じるというごく簡単な算術が、解決してくれなくもない。

アダムとイヴは、蛇の誘惑によって、知恵の木の実を食って、この能力を獲得した。この物語りから借りて、この能力を仮りに『知恵』と名付けてみよう。さて、今まで持たなかった知恵が、突然人間の脳髄の中に出現したという『無』から『有』を生じた現象は、結局、その簡単な算術に従って、マイナス『知恵』を差引けばいい。そのあとにプラス『知恵』があらわれる。

製氷所では、常温の水から大量の氷をつくり出す一方、大量に発生する高温の湯で、温水プールをつくって、市民をその中で泳がせる。氷で冷やしておいてお湯であたためてくれるという寸法だ。いったいマイナスの知恵というものは、どういう知恵だろう。これについては、少なくも今までの例からして、こういうことだけはいえる。マイナスの知恵は、プラスの知恵とぶっつかり合えばもとの杢阿弥の『知恵なし』にしてしまうという作用をもっているところのある種の能力であることには間違いない。猫の毛皮でガラスの棒をこすれば、マイナスの帯電とプラスの帯電を引き起こすが、このマイナスの電気とプラスの電気は、パチッといって音と光を出して中和すると、もとのゼロになってしまう。人間の頭の中には、知恵が宿ったが、この知恵を即座に『知恵なし』にしてしまう別の能力が、まだ宿っているということになる。人間は、いかなる生物にもまして、特別に与えられたすぐれた知恵と能力によって、今日の文明と進歩をとげ、その生活をここまで文化的に高めた非常にすぐれた動物だが、このマイナスの知恵を頭の中に共存させているお陰で、この素晴らしい（あるいは全然素晴らしくないかもしれない）文化を、一瞬に破壊してのけて、何万年前の、ホモ・サピエンスの出現していなかった時代の地球のような、さっぱりした姿の地球に戻してしまうかもしれないようなことを、いつしてのけないとも限らない。パチッという音と火花が少しばかり大きいだけのことで、猫の毛皮によって帯電したプラスの電気とマイナスの電気の、瞬間的な中和の現象と本質はかわらない。人間は、どんなに進歩して素晴らしい生活を築きあげても、依然として、やはりバカものであると、いうような責任のない放言が行なわれても、それを全く否定は出来ない生物であるらしい。

ただ、ここにおいて、いささかの望みを托《たく》し得るのは、人類は砂漠の Cactus 科の植物のように、今なお進化の過程にある未完成の動物である色々な兆向をもっていることである。脳の構造の一部がそのことをもの語っている。脳の構造の別の一部を示している、さきにのべた『進化しすぎた』危険を、どう処理したらいいかという問題も、お得意の『知恵』がゆくゆく解決してゆくかもしれない。人間は知恵の木の実を食って、楽園を放逐されたという物語は、非常におもしろく人間の運命を象徴しているが、畢竟《ひっきょう》人間は、それを意識するとしないにかかわらず、それを否定しようと肯定しようと、また更に、それが実際に可能であろうとなかろうと、昔失なった楽園を求めて、長い長い文明と、進歩と文化のコースをたどって行くものなのではあるまいか。その間に、バカが勝ったり、悧巧《りこう》が勝ったり、ひっくりかえったりまた起きあがったり、文《もん》なしになったり大金持ちになったり、肥ったり痩せたりの、幾変遷を重ねようとも。

さて、最後に一言つけ加えておく必要がある。現代のあらゆる危機は、科学がもたらした、と片付けてしまうのは少しばかり時期尚早だろう。しかし、この危機にむかって、最も大きな忠告が与えられるのは、これ以上の科学の進歩ではなくて、これは実に人間の脳髄のもう一つの偉大なる能力である『芸術』でなければならない。神さまは、今では、嘗《かつ》てはたしかに生きていたという痕跡を示してはいる。その痕跡の上に、すべての宗教は眼をあけて睡《ねむ》っている。新しい神さまはどこにいるか、それを見つけるのは誰か、試験管の中には、過去も現在も未来も、神さまはいないのだから、奇蹟は精神の世界でしか起きない。この奇蹟を生む精神は科学を現在のように押しすすめた『知恵』の遺伝子が埋蔵されている染色体とは、別の染色体の中に埋蔵されていると考えられるフシが色々ある。過去の偉大な芸術はいつもそこから生れ出た。芸術の目的は精神の感動だが、神さまが生きていて人間を支配したというのは、人間が神さまにいたく感動したからだというただの一言に尽きる。経典もコーラムもバイブルも要するにこれは、人類をあげて過去に感動させた一大芸術であったと見るのが正しかろう。人類が手に入れた科学知識や技術が、このような感動のもとに応用される時が来たら、それが新しい文明と進歩、文化のはじまりになろう。

人間は、砂漠の植物に見ならって、これから進化しなければならない。

（一九六七年　六六歳）

科学とロマンティシズム

塔

夕立の、ひどい雷鳴の中で午睡をしながら、こんな夢を見た。——紀伊の深い山へ博士と分入って、僕は塔を見つけて歩いた。もともと研究室の蝕《むしば》んだ記録に埃っぽく埋れていた古い塔だが、さんざん世紀の風雨に荒れ果てて、閑寂な森の奥の乾いた赭《あか》土《つち》の小丘に、鏽《さ》びた九輪をかしげて立っていた。高さ九尺ばかりの三重の塔だった。

静かだったので、博士はパイプへ火をつけた。すると煙が卵の殻のように幾つも空間へ浮いた。——僕は顔をこごめて、暗い窓から塔のお腹を覗いてみた。前髪をたれた青い高麗服の少女を一人欲しいと思ったら、乾いた塔の蔭からヒョッコリ彼女が出て来た。黴《か》びた白粉《おしろい》やら紅《べに》やらが、彼女の顔に古い世紀を夢見させているので、僕はこの孤独な娘を労わりながら、古物商の主人のように手巾《ハンカチ》で塵《ちり》を払ってやった。少女は数え年十三の唖《おし》だった。夜になると塔へ一人で寝て、月にこだまする梟《ふくろう》の声も識らないという。

それにしても、いつの昔から娘は一人でここに住まっているのだろうか？

「君はロマンチストだね。」

博士が袋から鍬《くわ》の柄をひっ立てて僕を仰ぐと、娘は蒼ざめた眼で彼を顧みて、そのまま淋しげにまた狭い戸口から塔の闇へと消えてしまった。

――博士は鍬で乾いた赭土を掘って、埋れた古代の塔を都会へ運ぶのだという。それなら僕は、娘の夢を永遠にさましたくはないと思う。絹の日傘をさした都会の娘たちは、やがて明るい博物館の広場で、噴水の沫《あわ》に濡れたユッカ蘭の白い花房の蔭に、この塔を見るだろう。そうしてもの珍らしげに暗い窓から塔のお腹を覗《のぞ》くにちがいない。が、彼女たちは多分古代の黴びた空虚と土臭い蜘蛛《くも》の巣をそこに見出だすだけだろう。博物館はもともと詩の住みかではないのだから。

僕は雷鳴の歇《や》んだあとの爽かな座敷へ、一人でノビノビと仰向に転がったまま、ふと眼をさまして、何かなし博物館の巨大な硝子《ガラス》箱に、遠くエジプトのミイラを想像したのだった。それにしても、今しがたあの青い高麗服の少女と彼女の塔とは、夕立とともにどこへ行ってしまったのだろう。

星

地球の遠い傾斜のはしに、大きな星が一つ低くかかっていた。一体星という星はすべて球体なのだろうか？　が、星は不整な角稜へ光を受けた暗体だった。僕は傾斜に乏しく立った萎れた月見草の蔭へ杖を立てて、星を想像した。

僕は嘗て星のまたたきに、遠い街並を流れる賑やかな人波を見た。今では僕の眼には星はまたたかない。――虚空を截《き》る気流の先に、宇宙が永遠の暗黒と静寂とを湛《たた》えて、死んだ引力の法則に曳かれて天体が無感情に廻っているだけだ。僕はしばしば自分の脚元の地球にさえ『死』を感じる。

それはそうとあなたがた。

太陽が冷却して巨大な暗体にと沈黙した時、何と死んだこの地球の静寂と暗さよ。——あらゆる生命を封じられた地球は、高層なビルディングの群を黒く空へ立てたまま、闇から闇へと永遠の軌道を廻るだけだ! 地軸を北斗へ傾《かし》げて。

僕は一度女にいった。

「星から星へと空間に立体を感じることは、どうやら僕には恐怖なのです。」

すると彼女はいった。

「私は夜の蝙蝠《こうもり》の背に乗って、星の間を縫《ぬ》って歩く時、自分をひどく美女に感じそうな気がするのです。」

——どうやら科学は、また新しいロマンティシズムを生むらしい。

蜜蜂

何のことはない僕は、花粉きり喰べられないでもいいから、この頃では蜜蜂になりたい!

せめて満月の欠けないうちに。——

月

月と云えば、――

旧い記録によると、月はハンブルグの桶屋がこしらえたのだが、月ってものをてんで識らないものだから、瀝青《チャン》などを少しばかり使ったりして、どうもひどく悪ぐさいものにしてしまったとある。

僕はまた月の本体を調べるには、工場街の煤煙で空の燻《くす》んだ宵に、窓に灯のないコンクリートの高い建物のてっぺんへ攀《よ》じて、満月の昇るのを待つのが一番だと考えるのだ。が、多分月が昇るまではひどく手持ち無沙汰で、人の住んでいなそうなコンクリートのてっぺんに、せめて甘藍《キャベツ》の一つも転がっていればいいにと考えるのだ。

それなら仮りに、月が東洋のどこかの街で電線にひっ懸かって、高圧の三相交流に明日まで赤く麻痺して顫《ふる》えていたところで、まかり間違えば、甘藍をフットボールのように中空へ蹴上げて置いてもすまされる。満月より幾らか蝕ばんでいるかは知れないが。――

どのみちしかし、どんな満月でも明日の朝になれば甘藍に変ってしまっているのだから、市場の若衆にしろ、井戸端の炊婦《すいふ》にしろ、別に怪しみもしまい。マドロスパイプのがん首へ指をかけて、夜更けの街を歩いた衒学者《げんがくしゃ》の影も、朝露と一緒に甃路《しきいしみち》から消えてしまっているに違いない。

どうも僕は月の正体についてはあまり識らない。多分これは久野豊彦《くのとよひこ》(1)に訊くのが近みちらしい。何しろ彼は避雷針で星の三つも突刺してそうな高い塔を夜空へ立てるのさえ、てもないのだから。

僕はまた満月の夜に、街で色んな影を拾って歩くのが好きだ。いつぞやなぞは、得態の知れないこんがらかった影に脚へからみつかれて、さんざ持て余したあげくに、自転車屋夫婦の嫉《しっ》妬《と》喧嘩《げんか》の影だったと識って、トランクへ歯ブラッシュを入れて、さっさと停車場からどこかの港町へ遁出したくなってしまったことがあった。——

僕は月のさしわたしが今よりか八層倍にもなって、ひどく赤く薄れて、瓦斯《ガス》タンクと並んだ煙突の向うからなぞしずしずと昇ったりしたら、何と街の人々はびっくりすることだろうかと考える。一体満月を仰ぎながら、あれが球体で、あの裏側にも空間の奥行きがあるなどと考えると、自分のぐるりにしゃぼてんでも一杯に生えていそうな気がし出すのだ。そうして、親兄弟や少しばかりの眷属《けんぞく》たちを集めて、地球の孤独について、この赤い満月の宵に考えてみたりするに違いないのだ。

小さな頃、酒呑みの年寄の夫婦が、僕の家庭へ出入りをしていた。その婆さんがある夜、酔いざめの愚痴に何やら述べて、さて淋しげに、

「爺《じじ》いが死んだあかつきには、……」

云々と嘆息を漏らすのを聞いた。僕は爺さんが死んだら、広いすすき原の上へ静かに赤い月があがるのだと考えて、暫《しば》らくの間母に抱《だ》かってでなければ、怖くて眠れなかった。——

月とすっぽんというものは、この頃では最早切離せない親族になっている。夜の灯の下で洗面器へ黒く泳がしたすっぽんは、何かしら満潮どきの月をでも恋うていそうな気がする。滋養

になるというすっぽんのスープを宵に吸って寝ると、黄色な満月の中に夢が現れて、カソリックの古風な会堂の屋根に、十字架をめぐって黒く蝙蝠が飛び廻ったりするに違いない。
――蝙蝠で思い出したが、甃路へ落ちている蝙蝠の影を、吝嗇《けち》などこかの爺さんの落とした財布だなどと間違えて、硝子の外へ月を閉め出した警察に届けようとなぞ迷ったりなさらないように。

ひとで

それはそうと、僕の手のひらの上のひとでを一つ見て下さい。外国通いの貨物船があけがたに落として行った錨《いかり》です。

さてあなたがた。
どうやら僕は、近代科学の生んだ新しいロマンティストらしいじゃありませんか？

（一九三〇年 二九歳）

空想独楽

1［押川春浪］小説家（一八七六―一九一四）。『海底軍艦』などの冒険小説で知られた。**2**［ラマ王の宮殿］チベットの中心地ラサにあるポタラ宮。歴代のダライ・ラマが居住し、宗教的儀式や政務を行った。**3**［ウイルソン山の天文台］カリフォルニア州ロサンゼルス北東の天文台。**4**［禾本科］イネ科の旧称。**5**［ホッテントット］アフリカ南西部ナミビアの遊牧民族。現在はコイ族と呼ばれる。**6**［ジョン・マロリー］イギリスの登山家のジョージ・マロリー（一八八六―一九二四）。エヴェレスト登頂を目指したが、三度目の遠征で遭難。**7**［ヒラリー］ニュージーランドの登山家のエドモンド・ヒラリー（一九一九―二〇〇八）。一九五三年、後述のテンジンとともに人類初のエヴェレスト登頂。**8**［テンシン］ネパールのシェルパ（高山で荷物を運ぶ案内人）のテンジン・ノルゲイ（一九一四―八六）。**9**［自然科学をまなんだ］龍膽寺雄は慶應義塾大学医学部に学んだが、のちに中退。**10**［最後の文学運動］龍膽寺は一九三〇年前後、反プロレタリア文学を掲げ、川端康成、尾崎士郎、吉行エイスケらとともに新興芸術派を率いた。

シャボテン――ここに自然の英知が集約されている

1［シェーン］一九五三年封切りの西部劇映画。監督はジョージ・スティーヴンス、主役のシェーンはアラン・ラッドが演じた。**2**［この本］本篇は『シャボテンを楽しむ』（主婦の友社、一九六二年）の序文として書かれた。

扉に――

1［この書物］本篇は『シャボテンと多肉植物の栽培智識』（成美堂書店、一九三五年）の序文として書かれた。

ロマンチックな植物シャボテン

1［本書］本篇は『シャボテンを楽しむ』（主婦の友社、一九六二年）のはしがきとして書かれた。

原爆実験地に生き残るシャボテン

1［黒竜丸］第五福竜丸。一九五四年、ビキニ環礁沖で遠洋漁業をしていたが、アメリカの水爆実験で発生した放射性降下物（死の灰）を浴び、船員二三名が被爆。**2**［ヨッシア・ツリー］ジョシュア・ツリー。樹高は一〇メートル以上に及ぶ。アメリカ南西部のモハーヴェ砂漠に生育。

世界を征服したタバコ・梅毒・シャボテン

——コロンブスのおみやげ

1［アズテック］アステカ。**2**［生蕃］漢民族に同化しなかった台湾原住民。**3**［佐藤春夫］小説家、詩人（一八九二—一九六四）。台湾が舞台の代表作に「女誡扇綺譚」。

シャボテン狂の見る夢——フロイド先生にきいてみたい

1［悪い奴ほどよく眠る］黒澤明の映画（一九六〇年）。

焼夷弾を浴びたシャボテン

1［ネロに焼かれたローマ］ローマ皇帝ネロ（三七—六八）が起こしたとされるローマ大火（六四年）。**2**［藤沢街道］現在の国道四六七号。**3**［安行］埼玉県川口市の地名。園芸農業が盛ん。**4**［博文館］「文芸倶楽部」「新青年」などの雑誌で知られた戦前の大出版社。**5**［仙人掌の室内栽培法］ヴァルテル・ハーゲ著の書籍（一九三三年）。

『文明』に関する一考察

1［ダーヴィン］チャールズ・ダーウィン。イギリスの自然科学者（一八〇九—八二）。進化生物学の基礎となった自然選択説を提唱。**2**［マイナス水素］ある物質と素粒子の電荷などが逆の性質を持つ反物質のことか。反物質でできている天体は、二〇二〇年一月現在確認されていない。

科学とロマンティシズム

1［久野豊彦］小説家、経済学者（一八九六—一九七一）。龍膽寺雄とともに新興芸術派を率いた。

龍膽寺雄

りゅうたんじ・ゆう（一九〇一〜九二）
小説家・シャボテン研究家

生まれ

明治三四（一九〇一）年四月二七日、千葉県印旛郡佐倉町（現佐倉市）に三男として誕生。本名は橋詰雄。父孝一郎は国語教師、母はりく。誕生後すぐ茨城県の下妻に転居。旧制下妻中学校を卒業後、慶應義塾大学医学部に進学。中学時代から物理学や天文学など、自然科学に多大な興味を寄せていた。

家族・結婚

妻はまさ。三男一女あり。次男の穹（たかし）は父の跡を継ぎクジャクサボテンの栽培家として書籍も出版した。

流行作家に、そして

慶應中退後の二八年、雑誌「改造」の懸賞小説に「放浪時代」が一等当選、佐藤春夫や島崎藤村に認められ華々しくデビュー。同年「アパアトの女たちと僕と」が谷崎潤一郎に激賞され、モダニズム文学の寵児となる。三〇年、浅原六朗、久野豊彦、吉行エイスケらと新興芸術派倶楽部を結成。モダンガールを洒落た筆致で描いた〈魔子〉ものなど、旺盛な執筆活動を展開するも、三四年発表の「M・子への遺書」で、川端康成の代作や菊池寛の党派性などを非難し文壇を去った。ただ、四三年には『鳳輦京に還る』が直木賞候補となるなど、その後も小説の執筆はライフワークとして継続した。戦後に書いた長篇は『龍膽寺雄全集』（八四〜八六）で初公開されたものも多い。

シャボテン愛好家として

流行作家だったころからシャボテンを愛好し、「M・子への遺書」中でも「砂漠植物」を丹誠している様が描かれている。文壇を去ったあとの三五年、『シャボテンと多肉植物の栽培智識』を上梓。戦後には国内外で知られるシャボテン研究家となり、ラジオやテレビにも出演。栽培の入門書から、全三巻に及ぶ『原色シャボテン多肉植物大図鑑』まで、この分野でも旺盛な出版活動を展開、文学作品のつもりで書いたと記している。この植物の持つ独特の「荒涼の美学」「寂寥の哲学」に魅せられ、三五年に転居した神奈川県大和市中央林間の自宅には、大きな温室が設けられていた。人間と同時期に誕生したと考えられるシャボテンを「モダン」な植物ととらえ、自身の文学のモダニズム志向とも通ずるものを感じていた。

もっと龍膽寺雄を知りたい人のためのブックガイド

「シャボテン幻想」ちくま学芸文庫、二〇一六年
「モダン」な植物・シャボテンや多肉植物への偏愛、その不思議な生態や形態を描き込んだ随想集。シャボテンに熱中した人間（龍膽寺自身も含む）の分析も圧巻。

「放浪時代・アパアトの女たちと僕と」講談社文芸文庫、一九九六年
鮮烈なデビュー作「放浪時代」（一九二八年）、谷崎潤一郎に激賞されたという同年の「アパアトの女たちと僕と」、そして文壇を去るきっかけとなった「M・子への遺書」を併録。昭和初期のモダニズムの薫りが感じられる作品群。

「龍膽寺雄全集」全一二巻、龍膽寺雄全集刊行会、一九八四～八六年
戦前に発表された小説に加え、「エルサレムの道」「待宵草の咲く丘」「坂のある街の物語」「化石谷の三老人」「碧い魚」「雲のテラス」など未発表だった作品（長篇含む）も収録。詩が多数収録されているのも注目される。

「原色シャボテン多肉植物大図鑑」全三巻、一九六五～七二年
「エピクロスを祖とする耽美哲学派の裔」を自認する龍膽寺が、植物学ではなく園芸の書としての図鑑を目指した大著。自ら育てた五八〇〇種を超える植物を中心に、美しい写真が大判で見られる。

「人生遊戯派」昭和書院、一九七九年
幼少期から青年期を振り返った自伝的作品『下妻の追憶』（日月書店、一九七八年）の続篇という位置づけだが独立しても読める。デビューから「M・子への遺書」を発表後文壇を去るまでが生々しい筆致で描かれる。

本書は、以下の本を底本としました。
「空想独楽」…『龍膽寺雄全集』第六巻、龍膽寺雄全集刊行会、一九八五年
「シャボテン――ここに自然の英知が集約されている」「ロマンチックな植物シャボテン」「原爆実験地に生き残るシャボテン」…『シャボテンを楽しむ』主婦の友新書、一九六二年
「扉に――」…『シャボテンと多肉植物の栽培智識』成美堂書店、一九三五年
「形態と生理」…『豪華版 シャボテン』誠文堂新光社、一九六〇年
「世界でいちばん美しい花を咲かせるシャボテン」「火星に生えている植物シャボテン」「世界を征服したタバコ・梅毒・シャボテン――コロンブスのおみやげ」「シャボテン狂の見る夢――フロイド先生にきいてみたい」「世界で一番珍奇な植物『奇想天外』」…『シャボテン・四季のアルバム』大泉書店、一九六二年
「焼夷弾を浴びたシャボテン」…『龍膽寺雄全集』第九巻、龍膽寺雄全集刊行会、一九八五年
「『文明』に関する一考察」…『龍膽寺雄全集』第三巻、龍膽寺雄全集刊行会、一九八四年
「科学とロマンティシズム」…『龍膽寺雄全集』第四巻、龍膽寺雄全集刊行会、一九八四年
表記は、新字新かなづかいに改め、読みにくいと思われる漢字にはふりがなをつけています。また、今日では不適切と思われる表現については、作品発表時の時代背景と作品価値などを考慮して、原文どおりとしました。
なお、文末に記した執筆年齢は満年齢です。

STANDARD BOOKS

龍膽寺雄　焼夷弾を浴びたシャボテン

発行日――2020年2月19日　初版第1刷

著者――龍膽寺雄

発行者――下中美都

発行所――株式会社平凡社
東京都千代田区神田神保町3-29　〒101-0051
電話（03）3230-6580［編集］
（03）3230-6573［営業］
振替　00180-0-29639

印刷・製本――シナノ書籍印刷株式会社

編集協力――大西香織

装幀――重実生哉

ISBN978-4-582-53175-6
NDC分類番号914.6　B6変型判（17.6cm）　総ページ224
平凡社ホームページ https://www.heibonsha.co.jp/

STANDARD BOOKS　刊行に際して

STANDARD BOOKSは、百科事典の平凡社が提案する新しい随筆シリーズです。科学と文学、双方を横断する知性を持つ科学者・作家の珠玉の作品を集め、一作家を一冊で紹介します。

今の世の中に足りないもの、それは現代に渦巻く膨大な情報のただなかにあっても、確固とした基準となる上質な知ではないでしょうか。自分の頭で考えるための指標、すなわち「知のスタンダード」となる文章を提案する。そんな意味を込めて、このシリーズを「STANDARD BOOKS」と名づけました。

寺田寅彦に始まるSTANDARD BOOKSの特長は、「科学的視点」があることです。自然科学者が書いた随筆を読むと、頭が涼しくなります。科学と文学、科学と芸術を行き来しておもしろがる感性が、そこにあります。

現代は知識や技術のタコツボ化が進み、ひとびとは同じ嗜好の人としか話をしなくなっています。いわば、「言葉の通じる人」としか話せなくなっているのです。しかし、そのような硬直化した世界からは、新しいしなやかな知は生まれえません。

境界を越えてどこでも行き来するには、自由でやわらかい、風とおしのよい心と「教養」が必要です。その基盤となるもの、それが「知のスタンダード」です。手探りで進むよりも、地図を手にしたり、導き手がいたりすることで、私たちは確信をもって一歩を踏み出すことができます。規範や基準がない「なんでもあり」の世界は、一見自由なようでいて、じつはとても不自由なのです。

このSTANDARD BOOKSが、現代の想像力に風穴をあけ、自分の頭で考える力を取り戻す一助となればと願っています。

末永くご愛顧いただければ幸いです。

2015年12月

ロゴマークデザイン：重実生哉